ANDERSEN

La Petite Fille
et les allumettes

et autres contes

Traduction par D. Soldi,
E. Grégoire et L. Moland

Présentation, notes,
chronologie et dossier
par Caecilia Pieri

ÉTONNANTS CLASSIQUES

GF Flammarion

Le conte
dans la même collection

Apulée, *Amour et Psyché*
Jeanne-Marie Leprince de Beaumont, *La Belle et la Bête et autres contes*
Lewis Carroll, *Alice au pays des merveilles*
Andrée Chedid, *L'Enfant des manèges et autres nouvelles*
Contes de l'Égypte ancienne
Alphonse Daudet, *Lettres de mon moulin*
Fabliaux du Moyen Âge
Grimm, *Le Petit Chaperon rouge et autres contes*
Marie de France, *Lais*
Les Mille et Une Nuits :
      Ali Baba et les quarante voleurs
      Le Pêcheur et le Génie. Histoire de Ganem
      Sindbad le marin
Charles Perrault, *Contes*
George Sand, *Les Ailes de courage. Le Géant Yéous*

© Flammarion, Paris, 2002
ISBN : 2-08-072171-2
ISSN : 1269-8822

La Petite Fille et les allumettes et autres contes

Portrait gravé de Hans Christian Andersen (s. d.).

UNE VIE COMME UN JOLI CONTE...

...« *marqué par la chance et le succès* ». Par cette formule presque magique Andersen aimait à qualifier l'histoire de sa vie, qu'il raconta et publia à trois reprises.

Né à Odense (une ville située sur la petite île de Fionie, au nord du Danemark), dans la misère, avec un père cordonnier et une mère lavandière, Andersen connaît le froid et la faim ; il est confronté à l'alcoolisme dans son entourage et à la folie d'un grand-père qui erre dans les rues en tenant des propos sans suite.

Vers l'âge de douze ans, il assiste par hasard à une représentation théâtrale donnée à Odense par le Théâtre royal de Copenhague, et c'est la révélation : au diable l'apprentissage chez un tailleur ! Il sera comédien, chanteur, danseur... Son père est mort, sa mère s'est remariée avec un homme qu'il n'aime pas : plus rien ne l'attache à Odense. À quatorze ans, sans aucune formation, sans aucune relation et avec dix rixdales (cinq euros !) en poche pour toute fortune, il débarque à Copenhague, la capitale, avec la ferme intention de devenir homme de théâtre. Il n'a aucun talent particulier pour la scène ; ses qualités sont ailleurs...

Dans son caractère d'abord : plein de charme, de gentillesse, d'humour et de franchise, Andersen attire la sympathie et noue rapidement des contacts amicaux, chaleureux et fructueux. Dans son écriture ensuite, et en dépit d'une orthographe détestable (il n'est presque

jamais allé à l'école) : à dix-sept ans, il présente une tra-
gédie à Jonas Collin, directeur du Théâtre royal. Celui-ci
refuse la pièce mais demande à en rencontrer l'auteur.
Devinant qu'il a affaire à un être doué, il le prend sous sa
protection : c'est le début du conte. Andersen est admis
dans l'entourage de son bienfaiteur et retourne à l'école
– ses camarades sont plus jeunes de cinq ou six ans. Des
Collin, Andersen reçoit l'affection, les encouragements
et les conseils qu'il n'aurait jamais trouvés auprès des
siens, devenant le familier de la maison et l'ami intime
des enfants.

Son premier « récit de voyage », sorte de chronique
humoristique d'une excursion de quelques kilomètres à
peine, lui permet d'obtenir une bourse. À vingt-six ans,
il décide de parcourir la Suisse et se prend ainsi d'une
passion pour les voyages, qui le conduit très souvent loin
de son Danemark natal (de tels déplacements ne sont
pas communs à l'époque) : il visite les autres pays nor-
diques, l'Angleterre, l'Allemagne et l'Europe de l'Est,
mais aussi l'Italie, la Grèce et même la lointaine
Turquie…

Ses contes (cent cinquante-six au total), dont il
publie une première série à l'âge de trente ans, rencontrent un très vif succès dans le monde entier, lui appor-
tant une reconnaissance éclatante. Personnage littéraire
de première importance, fêté comme un auteur à succès, il est invité à séjourner chez les grands que compte
l'Europe pour y donner lecture de ses récits. Il demeure
cependant très solitaire : Andersen ne s'est pas marié et,
par ailleurs, ne s'est jamais senti vraiment intégré dans
les milieux qui l'ont célébré. De là vient la mélancolie
douce-amère sensible dans ses textes.

DES RÉCITS
TRÈS PERSONNELS

On connaît bien l'univers des contes de Charles Perrault ou de ceux des frères Grimm. Le premier a remanié des légendes populaires dans un style raffiné destiné à la cour de Louis XIV : certains des contes, comme «Peau d'âne», sont même écrits en vers. Les seconds, eux, ont travaillé dans un tout autre esprit : il s'agissait de recueillir par écrit, pour la fixer, la mémoire orale des contes ; leur œuvre se veut fidèle dans le détail à un héritage qu'ils ont scrupuleusement respecté. Andersen, s'il puise son inspiration dans les légendes danoises, dans les fabliaux du Moyen Âge ou dans l'univers des *Mille et Une Nuits*, réinvente à sa manière. Tout en reprenant la tradition du conte que l'on se transmet oralement, c'est de lui qu'il parle à travers ses récits. Dans leurs thèmes, leur oralité, leur mise en scène parfois théâtrale ou leur ton — fantaisiste, humoristique ou mélancolique —, ils sont nourris de ses souvenirs d'enfant ou de ses expériences d'adulte, et il n'est pas rare que derrière le héros se cache l'auteur…

Andersen classait ses contes en deux grandes «familles» : les «aventures» (*eventyr*), récits à épisodes multiples, péripéties et rebondissements, comme «La Petite Poucette», «La Petite Sirène», «L'Intrépide Soldat de plomb», «Le Vilain Petit Canard»… et les «histoires» (*historier*), plus courtes et plus proches de la fable à vocation morale : «La Petite Fille et les allumettes», «La Princesse sur un pois», «Les Habits neufs de l'empereur», «Les Amours d'un faux col»…

9

LA CRITIQUE SOCIALE

Andersen brosse un portrait critique de la société, une société cruelle qui peut, en toute indifférence, laisser mourir de faim et de froid des enfants innocents telle la petite fille aux allumettes («elle a voulu se chauffer?», s'interrogent les passants, p. 33). Dans un registre moins tragique, voyez comme il épingle la vanité et le mensonge : puisque le faux col a raconté des balivernes sur toute sa vie, il sera maltraité et puni; puisque tous mentent à l'empereur frivole et coquet et que celui-ci se ment à lui-même, un mot d'enfant suffira à ridiculiser toute la Cour, et le souverain au premier chef. Quant à la princesse sur son pois, elle n'est bien sûr pas du tout «véritable» : Andersen dénonce surtout la délicatesse excessive du personnage. Dans l'histoire du «Vilain Petit Canard», il ironise sur ces prétentieux que sont le vieux canard au ruban rouge, le coq d'Inde si agressif et le chat et la poule aussi fiers que bornés. Andersen est sans pitié lorsque l'étroitesse d'esprit conduit au racisme et à l'exclusion de l'autre : combien sont antipathiques les demoiselles hannetons, qui trouvent Poucette «laide» parce qu'elle ne leur ressemble pas, ou la population de la basse-cour, qui rejette le petit canard parce qu'il est différent!

La morale de ces histoires est qu'il faut avoir le courage de donner, qu'il faut s'ouvrir aux autres sans préjugés, privilégier la vérité (dans l'expression comme dans les sentiments), la simplicité, le naturel et la spontanéité, enfin, qu'il faut se montrer d'autant plus sévère à l'égard des hypocrites ou des ingrats que leurs défauts s'exercent aux dépens des personnes faibles ou seules.

UN MERVEILLEUX MODERNISÉ

D'une structure les « aventures », plus longues
traditionnelle, et plus mouvementées que
les « histoires », mettent en scène un héros dont la situation initiale est perturbée par un événement (une mort, un enlèvement, un changement brutal) qui l'arrache à sa famille ou, plus globalement, à sa tranquillité. Il se trouve confronté à des épreuves multiples au cours desquelles il doit user de qualités d'esprit (courage, vaillance, persévérance) et surtout de qualités de cœur (générosité, bienveillance) pour parvenir à un sort meilleur. Chez Andersen, cette issue, c'est parfois... la mort : celle-ci a la vertu de délivrer le héros de la souffrance (« La Petite Fille et les allumettes », « La Petite Sirène »). Comme toujours dans les contes, certains personnages sont là pour aider le héros, d'autres pour le contrarier [1]. Mais, si rois et reines sont parfois au rendez-vous, si les personnages subissent des sortilèges bénéfiques ou maléfiques, s'ils rencontrent sorciers ou sorcières et boivent des philtres magiques, si les objets s'animent et les animaux parlent, l'univers merveilleux d'Andersen est beaucoup plus proche de nous que celui de Perrault ou celui des frères Grimm. Le décor nous est familier et les détails en sont réalistes : chacun de nous a pu voir une salle à

---

1. Cependant, dans les récits d'Andersen, à la différence de ceux des frères Grimm ou de Perrault, le partage des rôles entre « bons » et « méchants » n'est pas toujours bien défini (voir le dossier, p. 122).

manger comme celle de « La Bergère et le Ramoneur »
ou comme celle de « L'Intrépide Soldat de plomb », une
table garnie et un arbre de Noël semblables à ceux de
« La Petite Fille et les allumettes », un paysage de campagne identique à celui que traverse le petit canard et
des ustensiles ménagers comme ceux dont il est question dans « Les Amours d'un faux col ». Ni carrosses ni
fées, le merveilleux s'installe dans notre quotidien et il
est plus moderne. En outre, peut-on vraiment parler de
« merveilleux » ? Pourquoi le soldat s'envole-t-il ? Est-ce à
cause du vent ou d'un sorcier ? Revient-il chez lui par
hasard ? On ne le saura pas ; nous ne sommes plus dans
un récit féerique mais dans un genre presque fantastique,
où le réel peut basculer et se transformer brusquement
sans que l'on parvienne à attribuer avec certitude la
cause de ce changement à une puissance magique ou sur-
naturelle. Dans les contes d'Andersen, la magie n'a plus
besoin de fées ni de baguettes, elle naît avant tout de la
fantaisie et de l'imagination poétique de l'auteur.

DES CONTES PARLÉS

*Tout jeune, Andersen
écoutait sa grand-mère* raconter de très
vieilles légendes
danoises dans les veillées ; son père lui-même, souvent
malade et triste, aimait pourtant lire des histoires à son fils.

Si Andersen est invité chez les personnalités émi-
nentes d'Europe, c'est qu'il possède un talent de conteur
exceptionnel, le génie de dire ses propres contes. Aussi
les écrit-il comme il parle, car pour lui « le style du conte

doit se rapprocher de la forme orale ». Il s'attache à retranscrire les bruits – le « crac » du diable dans la boîte, le « platsh » des pattes dans la flaque, le « pif, paf » des fusils – et les cris d'animaux – le « quivit » de l'hirondelle… Autant d'éléments qui, à la lecture, manifestent d'une certaine manière la présence du conteur. On l'« entend » littéralement s'exclamer : « Que la campagne était belle ! […] Oui, vraiment, la campagne était bien belle » (p. 93) ou « Voilà une histoire aussi véritable que la princesse ! » (p. 36). C'est qu'il s'efforce de « parler » ses contes pour les enfants qu'il imagine rassemblés autour de lui en train de l'écouter.

Les personnages eux-mêmes prennent plaisir à raconter des histoires. On a souvent affaire à un conte « emboîté » dans le conte, avec un héros « conté » devenant à son tour « conteur »… C'est la grand-mère sirène dépeignant le monde des hommes à ses petites-filles ; c'est Poucette qui « paie » son loyer à la souris en lui racontant ses histoires (comme Andersen « payait » ses hôtes en leur lisant ses contes) et c'est aussi l'hirondelle rapportant le tout à notre auteur – « quivit ! » ; c'est encore le faux col, menteur effronté certes, mais doué d'un bagout intarissable ; ce sont enfin les faux tisserands qui, jusqu'au bout, persistent dans leur invraisemblable mensonge… Pour Andersen, la parole semble décidément douée de toutes sortes de pouvoirs bénéfiques ou dangereux puisqu'elle peut à volonté évoquer, embellir ou travestir la réalité.

DES MISES EN SCÈNE

Spectacles et représentations ponctuent les contes d'Andersen. On pense aux trois bals fastueux, moments importants du conte de « La Petite Sirène » : sur le bateau pour l'anniversaire du prince, à la cour du roi de la mer et sur le bateau pour le mariage du prince... Une attention particulière est accordée au décor et les descriptions sont vivantes et imagées : ainsi en est-il de l'armoire dans « La Bergère et le Ramoneur », du château de la petite sirène ou de l'antre de la sorcière des mers, des paysages que traverse Poucette ou de la basse-cour qui rejette le petit canard. En offrant à ses hôtes de réels « spectacles de lecture », Andersen a pu réaliser son rêve et devenir un homme de scène complet, à la fois auteur, acteur et metteur en scène de ses créations.

Les textes prennent en effet parfois la forme d'une série d'indications précieuses et précises, comme pour une mise en scène, et ils ont inspiré de nombreux musiciens d'opéra : *La Petite Marchande d'allumettes* a été créée par Tiarko Richepin en 1914, *Le Rossignol* par Igor Stravinski la même année, *Le Petit Elfe ferme-l'œil* par Florent Schmitt en 1924, *Trois Chansons* (adapté de « La Petite Sirène ») par Arthur Honegger en 1927... De plus, certains des contes sont de véritables petites saynètes – on se croirait au théâtre. Dans « Le Vilain Petit Canard », la première apparition de la famille canard à la basse-cour se déroule selon le rituel d'une majestueuse entrée en scène : « Saluez et dites "rap" », commande la cane, véritablement en représentation.

Ailleurs, la nuit, quand les objets s'animent, que font-ils ? Ils offrent le spectacle de leurs danses et cabrioles, comme dans « L'Intrépide Soldat de plomb », ou même, comme dans « La Bergère et le Ramoneur », un vrai mélodrame qui arrache à l'héroïne des larmes de porcelaine. Le merveilleux et la magie sont ici – comme les machineries et les coulisses au théâtre – de vrais effets de mise en scène : c'est une autre façon de donner au texte écrit une dimension concrète, vivante, presque vécue.

LE VOYAGE, SOURCE D'ÉMERVEILLEMENT

Grand voyageur en diligence ou en train à une époque où les déplacements étaient peu sûrs et les transports peu confortables, Andersen a passé sa vie à voyager loin et longtemps. Cette éternelle errance était un moyen d'échapper à sa solitude mais aussi une source d'enrichissement et d'émerveillement pour son inépuisable curiosité. Dans ses textes, il a semé çà et là quelques décors antiques (« La Petite Poucette ») et quelques palais aux dômes dorés (« La Petite Sirène ») inspirés des mondes méditerranéen et oriental qui le fascinaient.

La structure même des contes met en évidence l'importance des voyages : ils opèrent des changements dans la vie du personnage et lui permettent d'évoluer. Au terme de son périple sur la rivière, Poucette rencontre la souris qui lui sauve la vie et, au terme de son vol sur le dos de l'hirondelle, elle fait la connaissance de son mari, le roi des fleurs. Le soldat de plomb se laisse emporter par le courant et, parce qu'il est avalé par un poisson, retrouve finalement sa danseuse. La petite sirène se rend chez la sorcière (premier voyage) et, grâce à l'élixir qu'elle y boit, change d'aspect, puis chez le prince (second voyage) et découvre un nouvel univers, celui des hommes. Rejeté de tous, le vilain petit canard ne cesse de fuir d'un endroit à l'autre jusqu'au moment où il devient cygne. Quant à la bergère, puisqu'elle refuse de voyager, elle retourne avec son ramoneur à leur médiocrité première. Andersen a, de toute évidence, plus de sympathie pour les héros qui, comme le petit canard, ont le courage de faire leur « tour dans le monde ». Affronter les risques propres à la découverte du « vaste monde » revient à se mesurer au danger, mais c'est une expérience bénéfique : de ce risque naissent la découverte, l'enrichissement et le progrès. Par le biais du voyage, le conte devient un récit de l'apprentissage de la vie.

VERS LA MÉTAMORPHOSE

Par leur désir d'échapper à la misère ou au malheur, les héros d'Andersen « s'élèvent » souvent au sens propre et, en montant dans le ciel, accèdent à la paix, au bonheur ou à la fin de leurs souffrances, car cette « ascension » merveilleuse va de pair avec une métamorphose salutaire.

Solitaire et sans ressources, Poucette doit son bonheur au vol de l'hirondelle ; puis, devenue reine des fleurs, elle reçoit en cadeau une magnifique paire d'ailes de papillon qui lui permet enfin de voler... en pleine félicité. Le vilain petit canard est persécuté tant qu'il est à terre, mais lorsqu'il prend son envol vers les cieux, c'est métamorphosé en splendide cygne et salué par les cris de joie et d'admiration des enfants. La petite fille aux allumettes est frigorifiée, abandonnée, terrifiée à l'idée de rentrer chez elle et de se faire battre ; elle meurt, mais c'est le sourire aux lèvres car elle a pu s'envoler dans les bras de sa grand-mère, « si haut, si haut, qu'il n'y avait plus ni froid, ni faim, ni angoisse » (p. 33). La danseuse de papier, qu'un coup de vent emporte vers la flamme, se consume, certes, mais ce parcours dans les airs lui a permis de rejoindre son compagnon – paillette calcinée unie au soldat de plomb fondu en petit cœur. La petite sirène, enfin, est impatiente de retrouver son prince à la surface de l'eau puis, vivant la torture d'un amour sans espoir, est libérée de son martyre lorsqu'elle se transforme en écume et qu'elle monte dans le ciel, légère, si légère qu'elle pardonne même au prince et à sa jeune épouse. Sur terre, souffrance et patience ; au ciel, et à la fin du conte, métamorphose bienheureuse du héros délivré de ses peines passées.

ÉLOGE DU CŒUR

La fin est néanmoins souvent mélancolique. Rares sont les contes d'Andersen qui se terminent par l'annonce d'un mariage et d'enfants à venir. La félicité s'obtient souvent au prix d'une forme de solitude, de renoncement, voire de mort («L'Intrépide Soldat de plomb», «La Petite Sirène», «La Petite Fille et les allumettes»…). Le bonheur qu'a connu Andersen, la gloire et la reconnaissance sociale n'ont jamais vaincu sa profonde solitude; d'où, parfois, une forme de résignation : les personnages subissent le caprice du hasard ou du destin, comme le soldat, qui voyage contre sa volonté, ou Poucette, que le crapaud enlève. Dans les récits des frères Grimm ou de Perrault («Hänsel et Gretel», «Le Petit Poucet», «Le Chat botté», «Peau d'âne», etc.), les héros sont actifs et triomphent par l'astuce, l'intelligence, le courage ou la débrouillardise, le conte étant une véritable école de vie. Chez Andersen, si les héros échappent à leur condition misérable ou malheureuse, c'est qu'ils ont la chance pour eux et un destin qui leur est favorable, mais c'est surtout qu'ils sont récompensés de leurs qualités de cœur : soit parce qu'ils ont su être dévoués et généreux, comme Poucette avec l'hirondelle ou la petite sirène avec le prince, soit encore parce qu'ils sont envers et contre tout restés honnêtes et fidèles à leurs principes, comme le petit canard, soit enfin parce qu'ils ont retrouvé dans la mort l'amour qu'ils avaient su donner dans leur vie, comme la petite fille aux allumettes ou le soldat de plomb. Ici le récit consacre avant tout la vic-

toire du bon naturel, des bons sentiments, de la générosité, de la fidélité et de la droiture morale.

*

La leçon de ces contes pourrait bien être la suivante : « Soyez honnêtes, généreux, fidèles et surtout
fidèles à vous-mêmes, vous en serez récompensés. »
Pour autant, la chose est très difficile à accomplir. Elle
suppose une vraie force de caractère, une volonté à
toute épreuve, un jugement sûr et indépendant de celui
d'autrui, l'exigence et la rigueur de l'honnêteté, enfin une
capacité de résister aux tentations trompeuses de la
vanité sociale, dont il faut savoir rire (parfois féroce-
ment) pour mieux s'en détacher. Nous ne sommes plus
dans une morale de l'action mais dans une morale du
cœur, et cet enseignement est universel ; c'est pourquoi,
comme Tintin et Milou, les personnages d'Hergé, les
héros du Danois Andersen ont su gagner les lecteurs de
tous les pays, de sept à soixante-dix-sept ans…

REPÈRES
HISTORIQUES
ET CULTURELS

———

VIE
ET ŒUVRE
DE L'AUTEUR

1805
1875

REPÈRES HISTORIQUES ET CULTURELS

1805	Victoire de Napoléon Ier à Austerlitz.
1807	Menacé par l'Angleterre, le Danemark demande la protection de Napoléon.
1812	Premiers *Contes* des frères Grimm.
1814	Par le congrès de Vienne, le Danemark perd sa souveraineté sur la Norvège.
1815	Abdication de Napoléon Ier.
1820	Traduction des *Contes* de Perrault en danois.
1829	*Contes d'Espagne et d'Italie* d'Alfred de Musset.
1830	En France, révolution de Juillet.
1831	*Notre-Dame de Paris* de Victor Hugo.
1832	*Contes philosophiques* d'Honoré de Balzac. *Contes fantastiques* de Charles Nodier.

VIE ET ŒUVRE
DE L'AUTEUR

1805   Le 22 avril, naissance de Hans Christian
Andersen dans une famille très pauvre,
à Odense, dans l'île de Fionie
(Danemark) : son père est cordonnier
et sa mère lavandière.

1816   Son père meurt : soldat pendant les
guerres napoléoniennes, il en était
revenu en mauvaise santé.

1818   Le Théâtre royal du Danemark se produit
à Odense. Andersen assiste aux
répétitions et découvre sa vocation : le
théâtre et la danse.

1819   Il part pour Copenhague, la capitale.
Il s'essaie, sans résultats, à la danse,
au théâtre et à l'écriture. Il devient
le protégé du directeur du Théâtre royal,
Jonas Collin.

1822   Âgé de dix-sept ans, il reprend ses études
(il est admis dans une classe qui
correspond à notre troisième).

1828-1829   Andersen publie son premier « récit de
voyage » (une excursion à pied de trois
kilomètres) et le Théâtre royal joue une
de ses œuvres, sans vif succès.

1831   Premier voyage à l'étranger (en Suisse) ;
il en rapporte un récit de voyage.

REPÈRES HISTORIQUES
ET CULTURELS

Chronologie

24

1837	*La Vénus d'Ille* (conte fantastique) de Prosper Mérimée.
1840	*Histoires extraordinaires* d'Edgar Allan Poe.
1841	En France, loi sur le travail des enfants qui réduit l'horaire quotidien à dix heures.
1844	*Les Trois Mousquetaires* d'Alexandre Dumas.
1848	Troubles en France : révolution de Février.

VIE ET ŒUVRE
DE L'AUTEUR

1833-1834
Il entreprend un long voyage à Paris d'abord, où il rencontre Victor Hugo, puis en Suisse, en Italie, en Autriche, en Bohême (à Prague) et en Allemagne.

1835
Son premier recueil de *Contes* pour enfants paraît. De 1835 à 1874, Andersen publiera cent cinquante-six contes, à raison d'un recueil tous les trois à cinq ans en moyenne.

1836
Parution de son roman *OT* (initiales de la prison pour jeunes à Odense) sur un « adolescent à la triste figure » et d'un texte autobiographique, *Le Livre de ma vie*.

1837
Voyage en Suède.

1838
Andersen obtient une bourse annuelle à vie du gouvernement ; elle lui permet de se consacrer à l'écriture.

1840
Il écrit une pièce de théâtre, *Le Mulâtre*, qui est jouée par le Théâtre royal et qui rencontre un véritable succès.

1841-1842
Voyage en Italie, en Grèce et en Turquie.

1843
Deuxième séjour à Paris. Il fréquente Victor Hugo, Alphonse de Lamartine et Alexandre Dumas fils.

1844
Voyage en Allemagne, où il est décoré par le roi.

1847
Voyage aux Pays-Bas. Son roman *Les Deux Baronnes* paraît.

1848
Premiers contes d'Andersen traduits en français.

REPÈRES HISTORIQUES ET CULTURELS

1849   *David Copperfield* de Charles Dickens.

1851   *Voyage en Orient* de Gérard de Nerval.

1854   *Contes* d'Alfred de Musset.

1855   Exposition universelle à Paris.

1858   *Les Petites Filles modèles* de la
        comtesse de Ségur.

1862   *Les Misérables* de Victor Hugo.

1864   Guerre entre la Prusse et l'Autriche : les
        deux grands duchés du Schleswig et du
        Holstein, autrefois laissés au Danemark
        par l'Allemagne prussienne, passent sous
        contrôle autrichien, avant de revenir trois
        ans plus tard à la Prusse finalement
        victorieuse.

1865   *Alice au pays des merveilles* de Lewis
        Carroll.

1867   *Peer Gynt* du Norvégien Henrik Ibsen.

1870   Guerre entre la France et la Prusse ;
        siège de Paris ; défaite française et chute
        de Napoléon III, fin du second Empire.
        Insurrection de la Commune à Paris.

1873   *Le Tour du monde en quatre-vingts jours* de
        Jules Verne.

1877   *Trois contes* de Gustave Flaubert.

VIE ET ŒUVRE
DE L'AUTEUR

1849   Voyage en Suède.

1855   L'année de ses cinquante ans,
        il publie *Le Conte de ma vie*, nouveau récit
        autobiographique.

1867   Il est fait citoyen d'honneur de sa ville
        natale, Odense.

1870   Il donne une nouvelle version de sa vie
        dans *Pierre le chanceux*.

1871-1873   Derniers voyages en Norvège, en
             Allemagne, en Autriche et en Suisse.

1875   Il meurt le 6 août d'un cancer du foie.

        *Au cinéma, « La Petite Fille et les allumettes » a
        été adaptée par Jean Renoir en 1928 et « La
        Petite Sirène » par les studios Walt Disney en
        1989.*

La Petite Fille et les allumettes

Comme il faisait froid ! La neige tombait et la nuit n'était pas loin ; c'était le dernier soir de l'année, la veille du jour de l'an. Au milieu de ce froid et de cette obscurité, une pauvre petite fille passa dans la rue, la
5 tête et les pieds nus. Elle avait, il est vrai, des pantoufles en quittant la maison, mais elles ne lui avaient pas servi longtemps : c'étaient de grandes pantoufles que sa mère avait déjà usées, si grandes que la petite les perdit en se pressant de traverser la rue entre deux
10 voitures. L'une fut réellement perdue ; quant à l'autre, un gamin l'emporta avec l'intention d'en faire un berceau pour son petit enfant, quand le ciel lui en donnerait un.

La petite fille cheminait avec ses petits pieds nus
15 qui étaient rouges et bleus de froid ; elle avait dans son vieux tablier une grande quantité d'allumettes, et elle en portait à la main un paquet. C'était pour elle une journée mauvaise ; pas d'acheteurs, donc pas le moindre sou. Elle avait bien faim et bien froid, bien
20 misérable mine. Pauvre petite ! Les flocons de neige tombaient dans ses longs cheveux blonds, si gentiment bouclés autour de son cou ; mais songeait-elle seulement à ses cheveux bouclés ? Les lumières

brillaient aux fenêtres, le fumet [1] des rôtis s'exhalait [2]
dans la rue, c'était la veille du jour de l'an : voilà à quoi   25
elle songeait.

Elle s'assit et s'affaissa sur elle-même dans un coin,
entre deux maisons. Le froid la saisissait de plus en
plus, mais elle n'osait pas retourner chez elle : elle rap-
portait ses allumettes et pas la plus petite pièce de   30
monnaie. Son père la battrait ; et du reste, chez elle,
est-ce qu'il n'y faisait pas froid aussi ? Ils logeaient sous
le toit, et le vent soufflait au travers, quoique les plus
grandes fentes eussent été bouchées avec de la paille
et des chiffons. Ses petites mains étaient presque   35
mortes de froid. Hélas ! qu'une petite allumette leur
ferait de bien ! Si elle osait en tirer une seule du
paquet, la frotter sur le mur et réchauffer ses doigts !
Elle en tira une : ritch ! comme elle éclata ! comme
elle brûla ! C'était une flamme chaude et claire   40
comme une petite chandelle, quand elle la couvrit de
sa main. Quelle lumière bizarre ! Il semblait à la petite
fille qu'elle était assise devant un grand poêle de fer
orné de boules et surmonté d'un couvercle en cuivre
luisant. Le feu y brûlait si magnifique, il chauffait si   45
bien ! Mais, qu'y a-t-il donc ? La petite étendait déjà ses
pieds pour les chauffer aussi ; la flamme s'éteignit, le
poêle disparut : elle était assise, un petit bout de l'allumette brûlée à la main.

Elle en frotta une seconde qui brûla, qui brilla, et,   50
là où la lueur tomba sur le mur, il devint transparent
comme une gaze [3]. La petite pouvait voir jusque dans
une chambre où la table était couverte d'une nappe
blanche, éblouissante de fines porcelaines, et sur

30

---

1. *Fumet* : parfum.
2. *S'exhalait* : se répandait.
3. *Gaze* : tissu très léger et transparent.

55 laquelle une oie rôtie, farcie de pruneaux et de pommes, fumait avec un parfum délicieux. Ô surprise, ô bonheur ! Tout à coup l'oie sauta de son plat et roula sur le plancher, la fourchette et le couteau dans le dos, jusqu'à la pauvre fille. L'allumette s'éteignit : elle 60 n'avait devant elle que le mur épais et froid.

En voilà une troisième allumée. Aussitôt elle se vit assise sous un magnifique arbre de Noël ; il était plus riche et plus grand encore que celui qu'elle avait vu, à la Noël dernière, à travers la porte vitrée, chez le riche 65 marchand. Mille chandelles brûlaient sur les branches vertes, et des images de toutes couleurs, comme celles qui ornent les fenêtres des magasins, semblaient lui sourire. La petite éleva les deux mains : l'allumette s'éteignit ; toutes les chandelles de Noël montaient, 70 montaient, et elle s'aperçut alors que ce n'étaient que les étoiles. Une d'elles tomba et traça une longue raie de feu dans le ciel. 31

« C'est quelqu'un qui meurt », se dit la petite ; car sa vieille grand-mère, qui seule avait été bonne pour 75 elle, mais qui n'était plus, lui répétait souvent : « Lorsqu'une étoile tombe, c'est qu'une âme monte à Dieu. »

Elle frotta encore une allumette sur le mur : il se fit une grande lumière au milieu de laquelle était la 80 grand-mère debout, avec un air si doux, si radieux !

« Grand-mère, s'écria la petite, emmène-moi. Lorsque l'allumette s'éteindra, je sais que tu n'y seras plus. Tu disparaîtras comme le poêle de fer, comme l'oie rôtie, comme le bel arbre de Noël. »

85 Elle frotta promptement[1] le reste du paquet, car elle tenait à garder sa grand-mère, et les allumettes répandirent un éclat plus vif que celui du jour. Jamais

---

1. *Promptement* : rapidement.

Louis Janmot (1814-1897). Le Poème de l'âme. L'Idéal.

la grand-mère n'avait été si grande ni si belle. Elle prit
la petite fille sur son bras, et toutes les deux s'envolè-
90   rent joyeuses au milieu de ce rayonnement, si haut, si
haut, qu'il n'y avait plus ni froid, ni faim, ni angoisse,
elles étaient chez Dieu.

Mais dans le coin, entre les deux maisons, était
assise, quand vint la froide matinée, la petite fille, les
95   joues toutes rouges, le sourire sur la bouche… morte,
morte de froid, le dernier soir de l'année. Le jour de
l'an se leva sur le petit cadavre assis là avec les allumettes, dont un paquet avait été presque tout brûlé.
«Elle a voulu se chauffer?» dit quelqu'un. Tout le
100 monde ignora les belles choses qu'elle avait vues, et au
milieu de quelle splendeur elle était entrée avec sa
vieille grand-mère dans la nouvelle année.

La Princesse sur un pois

Il y avait une fois un prince qui voulait épouser une princesse, mais une princesse véritable. Il fit donc le tour du monde pour en trouver une, et, à la vérité, les princesses ne manquaient pas ; mais il ne pouvait jamais s'assurer si c'étaient de véritables princesses ; toujours quelque chose en elles lui paraissait suspect. En conséquence, il revint bien affligé de n'avoir pas trouvé ce qu'il désirait.

Un soir, il faisait un temps horrible, les éclairs se croisaient, le tonnerre grondait, la pluie tombait à torrents ; c'était épouvantable ! Quelqu'un frappa à la porte du château, et le vieux roi s'empressa d'ouvrir.

C'était une princesse. Mais grand Dieu ! comme la pluie et l'orage l'avaient arrangée ! L'eau ruisselait de ses cheveux et de ses vêtements, entrait par le nez dans ses souliers, et sortait par le talon. Néanmoins, elle se donna pour une véritable princesse.

« C'est ce que nous saurons bientôt ! » pensa la vieille reine. Puis, sans rien dire, elle entra dans la chambre à coucher, ôta toute la literie, et mit un pois au fond du lit. Ensuite, elle prit vingt matelas, qu'elle étendit sur le pois, et encore vingt édredons, qu'elle entassa par-dessus les matelas.

Illustration d'Edmond Dulac (1892-1953)
pour « La Princesse sur un pois » (*La Reine des neiges
et quelques autres contes*, éd. Henri Piazza, 1911).

C'était la couche destinée à la princesse. Le lendemain matin, on lui demanda comment elle avait passé   25
la nuit.

« Bien mal ! répondit-elle ; à peine si j'ai fermé les
yeux de toute la nuit ! Dieu sait ce qu'il y avait dans le
lit ; c'était quelque chose de dur qui m'a rendu la peau
toute violette. Quel supplice ! »   30

À cette réponse, on reconnut que c'était une véritable princesse, puisqu'elle avait senti un pois à travers
vingt matelas et vingt édredons. Quelle femme, sinon
une princesse, pouvait avoir la peau aussi délicate ?

Le prince, bien convaincu que c'était une véritable   35
princesse, la prit pour femme, et le pois fut placé dans
le musée, où il doit se trouver encore, à moins qu'un
amateur ne l'ait enlevé.

Voilà une histoire aussi véritable que la princesse !

La Petite Poucette

Une femme désirait beaucoup avoir un petit enfant ; mais, ne sachant comment y parvenir, elle alla trouver une vieille sorcière et lui dit : « Je voudrais avoir un petit enfant ; dis-moi ce qu'il faut faire pour
5 cela.

– Ce n'est pas bien difficile, répondit la sorcière ; voici un grain d'orge qui n'est pas de la nature de celle qui croît dans les champs du paysan ou que mangent les poules. Mets-le dans un pot de fleurs, et tu verras.
10 – Merci, dit la femme », en donnant douze sous à la sorcière. Puis elle rentra chez elle, et planta le grain d'orge.

Bientôt elle vit sortir de la terre une grande belle fleur ressemblant à une tulipe, mais encore en bou-
15 ton.

« Quelle jolie fleur ! » dit la femme en déposant un baiser sur ces feuilles rouges et jaunes ; et, au même instant la fleur s'ouvrit avec un grand bruit. On voyait maintenant que c'était une vraie tulipe ; mais dans
20 l'intérieur, sur le fond vert, était assise une toute petite fille, fine et charmante, haute d'un pouce tout au plus. Aussi on l'appela la petite Poucette.

Elle reçut pour berceau une coque de noix bien

vernie ; pour matelas, des feuilles de violette ; et, pour couverture, une feuille de rose. Elle y dormit pendant la nuit ; mais le jour elle jouait sur la table où la femme plaçait une assiette remplie d'eau entourée d'une guirlande de fleurs. Dans cette assiette nageait une grande feuille de tulipe sur laquelle la petite Poucette pouvait s'asseoir et voguer d'un bord à l'autre, à l'aide de deux crins blancs de cheval qui lui servaient de rames. Elle offrait ainsi un spectacle charmant ; et puis elle savait chanter d'une voix si douce et si mélodieuse, qu'on n'en avait jamais entendu de semblable.

Une nuit, pendant qu'elle dormait, un vilain crapaud entra dans la chambre par un carreau brisé. Cet affreux animal, énorme et tout humide, sauta sur la table où dormait Poucette, recouverte de sa feuille de rose.

« Quelle jolie femme pour mon fils ! » dit le crapaud.

Il prit la coque de noix, et, sortant par le même carreau, il emporta la petite dans le jardin.

Là, coulait un large ruisseau dont l'un des bords touchait à un marais. C'était dans ce marais qu'habitait le crapaud avec son fils. Sale et hideux, ce dernier ressemblait tout à fait à son père. « Coac ! coac ! brekke-ke-kex[1] ! » s'écria-t-il en apercevant la charmante petite fille dans la coque de noix.

– Ne parle pas si haut ! tu la réveillerais, dit le vieux crapaud. Elle pourrait encore nous échapper, car elle est légère comme le duvet du cygne. Nous allons la placer sur une large feuille de bardane[2] au milieu du

1. Andersen emprunte le cri du crapaud à la pièce *Les Grenouilles* d'Aristophane, auteur grec du Vᵉ siècle avant Jésus-Christ.
2. *Bardane* : plante dont les fruits, en forme de petites graines et pourvus de minuscules crochets, s'accrochent très facilement aux vêtements et au pelage des animaux.

ruisseau. Elle sera là comme dans une île, et ne pourra
55 plus se sauver. Pendant ce temps, nous préparerons,
au fond du marais, la grande chambre qui vous servira
de demeure. »

Puis le crapaud sauta dans l'eau pour choisir une
grande feuille de bardane, retenue au bord par la tige,
60 et il y plaça la coque de noix où dormait la petite
Poucette.

Lorsque la pauvre petite, en s'éveillant le lendemain matin, vit où elle était, elle se mit à pleurer amè-
rement ; car l'eau l'entourait de tous côtés, et elle ne
65 pouvait plus retourner à terre.

Le vieux crapaud, après avoir orné la chambre au
fond du marais avec des roseaux et de petites fleurs
jaunes, nagea en compagnie de son fils vers la petite
feuille où se trouvait Poucette, pour prendre le gentil[1]
70 petit lit et le transporter dans la chambre. Il s'inclina
profondément dans l'eau devant elle en disant : « Je te
présente mon fils, ton futur époux. Je vous prépare
une demeure magnifique au fond du marais.

– Coac ! coac ! brekke-ke-kex ! » ajouta le fils.

75 Ensuite ils prirent le lit et s'éloignèrent, pendant
que la petite Poucette, seule sur la feuille verte, pleurait de chagrin en pensant au vilain crapaud, et au
mariage dont elle était menacée avec son hideux fils.

Les petits poissons avaient entendu ce que disait le
80 crapaud, et cela leur donna envie de voir la petite fille.
Au premier coup d'œil, ils la trouvèrent si gentille,
qu'ils l'estimèrent bien malheureuse d'épouser le
vilain crapaud. Ce mariage ne devait jamais avoir lieu !
Ils se rassemblèrent autour de la tige qui retenait la
85 feuille, la coupèrent avec leurs dents, et la feuille

39

---

1. *Gentil* : ici, joli (vieilli).

emporta alors la petite si loin sur la rivière, que les crapauds ne purent plus l'atteindre.

Poucette passa devant bien des endroits, et les oiseaux des buissons chantaient en la voyant : « Quelle charmante petite demoiselle ! » La feuille, flottant toujours plus loin, plus loin, lui fit faire un véritable voyage.

Chemin faisant, un joli papillon blanc se mit à voltiger autour d'elle et finit par se poser sur la feuille, ne pouvant assez admirer la jeune fille.

Poucette, bien contente d'avoir échappé au vilain crapaud, se réjouissait de toute la magnificence[1] de la nature et de l'aspect de l'eau, que le soleil faisait briller comme de l'or. Elle prit sa ceinture, et, après en avoir attaché un bout au papillon, l'autre à la feuille, elle avança plus rapidement encore.

Tout à coup un grand hanneton[2] vint à passer, et, l'ayant aperçue, il entoura son corps délicat de ses pattes et s'envola avec elle dans un arbre. Quant à la feuille verte, elle continua à descendre la rivière avec le papillon, qui ne pouvait s'en détacher.

Dieu sait quelle fut la frayeur de la pauvre petite Poucette quand le hanneton l'emporta dans l'arbre ! Cependant elle plaignait surtout le beau papillon blanc qu'elle avait attaché à la paille, et qui mourrait de faim, s'il ne parvenait pas à s'en défaire. Mais le hanneton ne se souciait pas de tout cela ; il la fit asseoir sur la plus grande feuille de l'arbre, la régala du suc[3] des fleurs, et, quoiqu'elle ne ressemblât nullement à un hanneton, il lui fit mille compliments de sa beauté.

---

1. *Magnificence* : splendeur.
2. *Hanneton* : insecte commun des jardins, au vol lourd et bruyant.
3. *Suc* : « sève » des fleurs.

Bientôt tous les autres hannetons habitant le même arbre vinrent lui rendre visite. Les demoiselles hannetons, en la voyant, remuèrent leurs antennes et
120 dirent : « Quelle misère ! elle n'a que deux jambes.

– Et pas d'antennes, ajouta l'une d'elles ; elle est maigre, svelte, elle ressemble à un homme. Oh ! qu'elle est laide ! »

Cependant la petite Poucette était charmante ;
125 mais, quoique le hanneton qui l'avait enlevée la trouvât belle, en entendant les autres, il finit par la croire laide et ne voulut plus d'elle. On la fit donc descendre de l'arbre, et on la posa sur une pâquerette en lui rendant sa liberté.

130 La petite se mit à pleurer de ce que les hannetons l'avaient renvoyée à cause de sa laideur ; cependant elle était on ne peut plus ravissante.

La petite Poucette passa ainsi l'été toute seule dans la grande forêt. Elle tressa un lit de paille qu'elle sus-
135 pendit au-dessous d'une feuille de bardane pour se garantir de la pluie. Elle se nourrissait du suc des fleurs, et buvait la rosée qui tombait le matin sur les feuilles.

Ainsi se passèrent l'été et l'automne ; mais voici
140 l'hiver, le long hiver si rude qui arrive. Tous les oiseaux qui l'avaient amusée par leur chant s'éloignèrent, les arbres furent dépouillés, les fleurs se flétrirent, et la grande feuille de bardane sous laquelle elle demeurait se roula sur elle-même, ne formant plus qu'une tige
145 sèche et jaune.

La pauvre petite fille souffrit d'autant plus du froid, que ses habits commençaient à tomber en lambeaux. Bientôt arrivèrent les neiges, et chaque flocon qui tombait sur elle lui produisait le même effet que
150 nous en produirait à nous toute une pelletée. Bien qu'elle s'enveloppât d'une feuille sèche, elle ne pou-

vait parvenir à se réchauffer ; elle allait mourir de froid.

Près de la forêt se trouvait un grand champ de blé, mais on n'y voyait que le chaume [1] hérissant la terre gelée. Ce fut pour la pauvre petite comme une nouvelle forêt à parcourir. Toute grelottante, elle arriva à la demeure d'une souris des champs. On y entrait par un petit trou, sous les pailles ; la souris était bien logée, possédait une pièce pleine de grains, une belle cuisine et une salle à manger. La petite Poucette se présenta à la porte comme une mendiante et demanda un grain d'orge, car elle n'avait rien mangé depuis deux jours.

« Pauvre petite ! répondit la vieille souris des champs, qui, au fond, avait bon cœur, viens manger avec moi dans ma chambre ; il y fait chaud. »

Puis elle se prit d'affection pour Poucette, et ajouta :

« Je te permets de passer l'hiver ici ; mais à condition que tu tiennes ma chambre bien propre, et que tu me racontes quelques jolies histoires ; je les adore. »

La petite fille accepta cette offre et n'eut pas à s'en plaindre.

« Nous allons recevoir une visite, dit un jour la vieille souris ; mon voisin a l'habitude de venir me voir une fois par semaine. Il est encore bien plus à son aise que moi ; il a de grands salons, et porte une magnifique pelisse [2] de velours. S'il voulait t'épouser, tu serais bien heureuse, car il n'y voit goutte. Raconte-lui tes plus belles histoires. »

Mais Poucette n'avait pas trop envie d'épouser le voisin ; ce n'était qu'une taupe. Couverte de sa pelisse de velours noir, elle ne tarda pas à rendre sa visite. La

---

1. *Chaume* : tige des céréales.
2. *Pelisse* : manteau garni ou doublé de fourrure.

conversation roula sur ses richesses et sur son instruc-
185 tion ; mais la taupe parlait mal des fleurs et du soleil,
car elle ne les avait jamais vus. La petite Poucette lui
chanta plusieurs chansons, entre autres : « Hanneton,
vole, vole, vole ! » et : « Quand le moine vient aux
champs. » La taupe, enchantée de sa belle voix, désira
190 aussitôt une union qui lui promettait tant d'agré-
ments ; mais elle n'en dit pas un mot, car c'était une
personne réfléchie.

Pour faire plaisir à ses voisines, elle leur permit de
se promener à leur gré dans une grande allée souter-
195 raine qu'elle venait de creuser entre les deux habita-
tions ; mais elle les pria de ne pas s'effrayer d'un
oiseau mort qui se trouvait sur le passage, et qu'on y
avait enterré au commencement de l'hiver.

La première fois que ses voisines profitèrent de
200 cette aimable offre, la taupe les précéda dans ce long
et sombre corridor, tenant entre ses dents un morceau   **43**
de vieux bois, brillant de phosphore [1], pour les éclai-
rer. Arrivée à l'endroit où gisait l'oiseau mort, elle
enleva de son large museau une partie de la terre du
205 plafond, et fit ainsi un trou par lequel la lumière péné-
tra. Au milieu du corridor s'étendait par terre le corps
d'une hirondelle, sans doute morte de faim, dont les
ailes étaient serrées aux côtés, la tête et les pieds
cachés sous les plumes. Ce spectacle fit bien mal à la
210 petite Poucette ; elle aimait tant les petits oiseaux qui,
pendant tout l'été, l'avaient égayée de leurs chants !
Mais la taupe poussa l'hirondelle de ses pattes et dit :
« Elle ne sifflera plus ! quel malheur que de naître
oiseau ! Dieu merci, aucun de mes enfants ne subira

---

1. *Phosphore* : substance qui brûle très facilement et qui, à l'état
naturel, brille dans l'obscurité.

un sort aussi malheureux. Une telle créature n'a pour 215
toute fortune que son : "Quivit ! quivit !" et l'hiver elle
meurt de faim.

– Vous parlez sagement ! répondit la vieille souris ;
le "quivit !" ne rapporte rien ; c'est juste ce qu'il faut
pour périr dans la misère : cependant il y en a qui se 220
pavanent d'orgueil de savoir chanter. »

Poucette ne dit rien ; mais, lorsque les deux autres
eurent tourné le dos à l'oiseau, elle se pencha vers lui,
et, écartant les plumes qui couvraient sa tête, elle
déposa un baiser sur ses yeux fermés. 225

« C'est peut-être le même qui chantait si gentiment
pour moi cet été, pensa-t-elle ; pauvre petit oiseau, que
je te plains ! »

La taupe, après avoir bouché le trou, reconduisit
les dames chez elle. Ne pouvant dormir de toute la 230
nuit, la petite Poucette se leva et tressa un joli tapis de
foin qu'elle porta dans l'allée et étendit sur l'oiseau
mort. Puis elle lui mit de chaque côté un tas de coton
qu'elle avait trouvé chez la souris, comme si elle crai-
gnait que la fraîcheur de la terre ne fît mal à ce corps 235
inanimé.

« Adieu, bel oiseau ! dit-elle, adieu ! Merci de ta
belle chanson qui me réjouissait tant pendant la
douce saison de l'été, où je pouvais admirer la verdure
et me réchauffer au soleil. » 240

À ces mots, elle appuya sa tête sur la poitrine de
l'hirondelle ; mais aussitôt elle se leva tout effrayée,
elle avait entendu un léger battement : il provenait du
cœur de l'oiseau, qui n'était pas mort, mais seulement
engourdi. La chaleur l'avait rendu à la vie. 245

En automne, les hirondelles retournent aux pays
chauds, et, si une d'elles s'attarde en route, le froid la
fait bientôt tomber à terre comme morte, et la neige
s'étend sur elle.

250 Poucette tremblait encore de frayeur ; comparée à elle, dont la taille n'excédait pas un pouce, l'hirondelle paraissait un géant. Cependant elle prit courage, serra bien le coton autour du pauvre oiseau, alla chercher une feuille de menthe qui lui servait de couver-
255 ture, et la lui posa sur la tête.

La nuit suivante, se rendant encore auprès du malade, elle le trouva vivant, mais si faible que ses yeux s'ouvrirent à peine un instant pour regarder la petite fille qui tenait à la main, pour toute lumière, un mor-
260 ceau de vieux bois luisant.

« Je te remercie, charmante petite enfant, dit l'oiseau souffrant ; tu m'as bien réchauffé. Dans peu, je reprendrai toutes mes forces et je m'envolerai dans l'air, aux rayons du soleil.

265 – Hélas ! répondit Poucette, il fait froid dehors, il neige, il gèle ; reste dans ton lit, j'aurai soin de toi. »

Ensuite, elle lui apporta de l'eau dans une feuille de fleur. L'oiseau but, et lui raconta comment, ayant déchiré une de ses ailes à un buisson d'épines, il
270 n'avait pu suivre les autres aux pays chauds. Il avait fini par tomber à terre, et, de ce moment, il ne se rappelait plus rien de ce qui lui était arrivé.

Pendant tout l'hiver, à l'insu de[1] la souris et de la taupe, la petite Poucette soigna ainsi l'hirondelle avec
275 la plus grande affection. À l'arrivée du printemps, lorsque le soleil commença à réchauffer la terre, l'oiseau fit ses adieux à la petite fille, qui rouvrit le trou pratiqué autrefois par la taupe. L'hirondelle pria sa bienfaitrice de l'accompagner dans la forêt verte,
280 assise sur son dos. Mais Poucette savait que son départ causerait du chagrin à la vieille souris des champs.

« Non, dit-elle, je ne le puis.

45

_____

1. *À l'insu de* : en cachette de.

– Adieu donc, adieu, charmante petite enfant ! » répondit l'hirondelle en s'envolant au soleil. Poucette la regarda partir, les larmes aux yeux ; elle aimait tant 285 la gentille hirondelle ! « Quivit ! quivit ! » fit encore une fois l'oiseau, puis il disparut.

Le chagrin de Poucette fut d'autant plus grand qu'elle ne put plus sortir et se réchauffer au soleil. Le blé poussait sur la maison de la souris des champs, for- 290 mant déjà pour la pauvre petite fille, haute d'un pouce, une véritable forêt.

« Cet été, tu travailleras à ton trousseau [1] », lui dit la souris, car l'ennuyeuse taupe à la pelisse noire avait demandé la main de Poucette. « Pour épouser la 295 taupe, il faut que tu sois convenablement pourvue de vêtements et de linge. »

La petite fut obligée de prendre la quenouille [2], et la souris des champs employa en outre à la journée quatre araignées qui filaient sans relâche. Tous les 300 soirs, la taupe leur rendait visite et leur parlait des ennuis de l'été, qui rend la terre brûlante et insuppor- table. Aussi la noce ne se ferait qu'à la fin de la saison. En attendant, la petite Poucette allait tous les jours, au lever et au coucher du soleil, à la porte, où elle regar- 305 dait à travers les épis agités par le vent l'azur du ciel, en admirant la beauté de la nature et en pensant à l'hi- rondelle chérie ; mais l'hirondelle était loin, et ne reviendrait peut-être jamais.

L'automne arriva, et Poucette avait achevé son 310 trousseau.

« Dans quatre semaines la noce ! » lui dit la souris.

---

1. *Trousseau* : ensemble du linge que la fiancée devait autrefois apporter dans la « corbeille » du mariage (nappes, draps, etc.).
2. *Quenouille* : petit bâton sur lequel on enroulait le chanvre, le lin, etc., pour les filer avant le tissage.

Et la pauvre enfant pleura ; elle ne voulait pas épouser l'ennuyeuse taupe.

315 « Quelle bêtise ! s'écria la souris, ne sois pas entêtée, ou je te mordrai de ma dent blanche. Tu devrais t'estimer bien heureuse d'épouser un aussi bel homme, qui porte une pelisse de velours noir dont la reine elle-même n'a pas la pareille. Tu devrais remer-
320 cier le bon Dieu de trouver une cuisine et une cave si bien garnies. »

Le jour de la noce arriva.

La taupe se présenta pour emmener la petite Poucette sous la terre, où elle ne verrait plus jamais le
325 brillant soleil, attendu que [1] son mari ne pouvait pas le supporter. Chez la souris des champs, il lui était au moins permis d'aller le regarder à la porte.

« Adieu, beau soleil ! dit-elle d'un air affligé, en élevant ses bras. Adieu donc ! puisque je suis condamnée
330 à vivre désormais dans ces tristes lieux où l'on ne jouit pas de tes rayons. »

Puis elle fit quelques pas au-dehors de la maison ; car on avait moissonné le blé, il n'en restait que le chaume.

335 « Adieu, adieu ! dit-elle en embrassant une petite fleur rouge ; si jamais tu vois l'hirondelle, tu la salueras de ma part.

– Quivit ! Quivit ! » entendit-elle crier au même instant.

340 Elle leva la tête ; c'était l'hirondelle qui passait. L'oiseau manifesta la plus grande joie en apercevant la petite Poucette ; il descendit rapidement en répétant ses joyeux « quivit ! » et vint s'asseoir auprès de sa petite bienfaitrice. Celle-ci lui raconta comment on
345 voulait lui faire épouser la vilaine taupe qui restait sous

47

---

1. *Attendu que* : puisque (vieilli).

la terre, où le soleil ne pénétrait jamais. En faisant ce récit, elle versa un torrent de larmes.

« L'hiver arrive, dit l'hirondelle, je retourne aux pays chauds ; veux-tu me suivre ? Tu monteras sur mon dos, et tu t'y attacheras par ta ceinture. Nous fuirons loin de ta vilaine taupe et de sa demeure obscure, bien loin au-delà des montagnes, où le soleil brille encore plus beau qu'ici, où l'été et les fleurs sont éternels. Viens donc avec moi, chère petite fille, toi qui m'as sauvé la vie lorsque je gisais dans le sombre corridor à moitié morte de froid.

– Oui, je te suivrai ! » dit Poucette. Et elle s'assit sur le dos de l'oiseau et attacha sa ceinture à une des plumes les plus solides ; puis elle fut emportée par-dessus la forêt et la mer et les hautes montagnes couvertes de neige.

Poucette eut froid ; mais elle se fourra sous les plumes chaudes de l'oiseau, ne laissant passer que sa petite tête pour admirer les beautés qui se déroulaient au-dessous d'elle.

C'est ainsi qu'ils arrivèrent aux pays chauds, où la vigne avec ses fruits rouges et bleus pousse dans tous les fossés, où l'on voit des forêts entières de citronniers et d'orangers, où mille plantes merveilleuses exhalent[1] leurs parfums. Sur les routes, les enfants jouaient avec de gros papillons bigarrés[2].

Un peu plus loin, l'hirondelle s'arrêta près d'un lac azuré au bord duquel s'élevait un antique château de marbre, entouré de colonnes qui supportaient des treilles[3]. Au sommet se trouvaient une quantité de nids.

---

1. *Exhalent* : voir « La Petite Fille et les allumettes », note 2, p. 30.
2. *Bigarrés* : aux couleurs variées.
3. *Treilles* : ceps de vigne.

L'un de ces nids servait de demeure à l'hirondelle qui amenait Poucette.

« Voici ma demeure, dit l'oiseau ; mais il ne sera pas
380 convenable que tu habites avec moi ; d'ailleurs je ne suis pas préparé pour te recevoir. Choisis toi-même une des plus belles fleurs, je t'y déposerai, et je ferai tout mon possible pour te rendre ce séjour agréable.

– Quel bonheur ! » répondit Poucette en battant
385 de ses petites mains.

De grandes belles fleurs blanches poussaient entre les fragments d'une colonne renversée ; c'est là que l'hirondelle déposa la petite fille sur une des plus larges feuilles.

390 Poucette au comble de la joie était ravie de toutes les magnificences qui l'entouraient dans ces lieux enchanteurs.

Mais quel ne fut pas son étonnement ! un petit homme blanc et transparent comme du verre se tenait
395 assis dans la fleur, haute d'un pouce à peine. Il portait sur la tête une couronne d'or, et sur les épaules des ailes brillantes.

C'était le génie de la fleur ; chaque fleur servait de palais à un petit homme et à une petite femme, et il
400 régnait sur tout ce peuple.

« Dieu, qu'il est beau ! » dit tout bas Poucette à l'hirondelle.

En apercevant l'oiseau gigantesque, le petit prince si fin et si délicat s'effraya d'abord ; mais il se remit à la
405 vue de la petite Poucette, qui lui semblait la plus belle fille du monde. Il lui posa sa couronne d'or sur la tête, lui demanda quel était son nom, et si elle voulait bien devenir sa femme.

Quel mari en comparaison du jeune crapaud et de
410 la taupe au manteau noir ! En l'acceptant, elle deviendrait la reine des fleurs !

49

Elle l'accepta donc, et bientôt elle reçut la visite d'un monsieur et d'une belle dame qui sortaient de chaque fleur pour lui offrir des présents.

Rien ne lui fit autant de plaisir qu'une paire d'ailes 415 transparentes qui avaient appartenu à une grosse mouche blanche. Attachées à ses épaules, elles permirent à Poucette de voler d'une fleur à l'autre.

Pendant ce temps l'hirondelle, dans son nid, faisait entendre ses plus belles chansons ; mais, au fond de 420 son cœur, elle se sentait bien affligée d'être séparée de sa bienfaitrice.

« Tu ne t'appelleras plus Poucette, lui dit le génie de la fleur, ce nom est vilain, et toi tu es belle, belle comme doit l'être la reine des fleurs. Désormais nous 425 t'appellerons Maïa [1].

– Adieu, adieu ! » dit la petite hirondelle en s'envolant vers le Danemark.

Lorsqu'elle y fut arrivée, elle regagna son nid audessus de la fenêtre où l'auteur de ces contes attendait 430 son retour.

« Quivit ! quivit ! » lui dit-elle, et c'est ainsi qu'il a appris cette aventure.

1. Maïa, en grec ancien, signifie « nourricière ».

La Petite Sirène

Bien loin dans la mer, l'eau est bleue comme les feuilles des bluets[1], pure comme le verre le plus transparent, mais si profonde qu'il serait inutile d'y jeter l'ancre, et qu'il faudrait y entasser une quantité infinie de tours d'église les unes sur les autres pour mesurer la distance du fond à la surface.

C'est là que demeure le peuple de la mer. Mais n'allez pas croire que ce fond se compose seulement de sable blanc ; non, il y croît des plantes et des arbres bizarres, et si souples, que le moindre mouvement de l'eau les fait s'agiter comme s'ils étaient vivants. Tous les poissons, grands et petits, vont et viennent entre les branches comme les oiseaux dans l'air. À l'endroit le plus profond se trouve le château du roi de la mer, dont les murs sont de corail, les fenêtres de bel ambre jaune[2], et le toit de coquillages qui s'ouvrent et se ferment pour recevoir l'eau ou pour la rejeter. Chacun de ces coquillages renferme des perles brillantes dont la moindre ferait honneur à la couronne d'une reine.

---

1. *Bluets* : bleuets, fleurs bleues (vieilli).
2. *Ambre jaune* : résine fossilisée, dure et transparente.

Depuis plusieurs années le roi de la mer était veuf, [20] et sa vieille mère dirigeait sa maison. C'était une femme spirituelle, mais si fière de son rang, qu'elle portait douze huîtres à sa queue tandis que les autres grands personnages n'en portaient que six. Elle méritait des éloges pour les soins qu'elle prodiguait à ses [25] six petites filles, toutes princesses charmantes. Cependant la plus jeune était plus belle encore que les autres ; elle avait la peau douce et diaphane [1] comme un pétale de rose, les yeux bleus comme un lac profond ; mais elle n'avait pas de pieds : ainsi que ses [30] sœurs, son corps se terminait par une queue de poisson.

Toute la journée, les enfants jouaient dans les grandes salles du château, où des fleurs vivantes poussaient sur les murs. Lorsqu'on ouvrait les fenêtres [35] d'ambre jaune, les poissons y entraient comme chez nous les hirondelles, et ils mangeaient dans la main des petites princesses qui les caressaient. Devant le château était un grand jardin avec des arbres d'un bleu sombre ou d'un rouge de feu. Les fruits brillaient [40] comme de l'or, et les fleurs, agitant sans cesse leur tige et leurs feuilles, ressemblaient à de petites flammes. Le sol se composait de sable blanc et fin, et une lueur bleue merveilleuse, qui se répandait partout, aurait fait croire qu'on était dans l'air, au milieu de l'azur du [45] ciel, plutôt que sous la mer. Les jours de calme, on pouvait apercevoir le soleil, semblable à une petite fleur de pourpre [2] versant la lumière de son calice [3].

52

---

1. *Diaphane* : pâle (du grec *diaphanês*, « transparent »).
2. *Pourpre* : couleur rouge foncé. Les Anciens la tiraient du murex, un coquillage.
3. *Calice* : enveloppe extérieure de la fleur qui, en s'ouvrant avec les pétales, prend la forme d'une coupe ou d'un vase.

Chacune des princesses avait dans le jardin son
50 petit terrain, qu'elle pouvait cultiver selon son bon
plaisir. L'une lui donnait la forme d'une baleine,
l'autre celle d'une sirène ; mais la plus jeune fit le sien
rond comme le soleil, et n'y planta que des fleurs
rouges comme lui. C'était une enfant bizarre, silen-
55 cieuse et réfléchie. Lorsque ses sœurs jouaient avec
différents objets provenant des bâtiments[1] naufragés,
elle s'amusait à parer une jolie statuette de marbre
blanc, représentant un charmant petit garçon, placée
sous un saule pleureur magnifique, couleur de rose,
60 qui la couvrait d'une ombre violette. Son plus grand
plaisir consistait à écouter des récits sur le monde où
vivent les hommes. Toujours elle priait sa vieille grand-
mère de lui parler des vaisseaux, des villes, des
hommes et des animaux. Elle s'étonnait surtout que,
65 sur la terre, les fleurs exhalassent[2] un parfum qu'elles
n'ont pas sous les eaux de la mer, et que les forêts y fus-
sent vertes. Elle ne pouvait pas imaginer comment les
poissons chantaient et sautillaient sur les arbres. La
grand-mère appelait les petits oiseaux des poissons ;
70 sans quoi elle ne se serait pas fait comprendre.

53

« Lorsque vous aurez quinze ans, dit la grand-mère,
je vous donnerai la permission de monter à la surface
de la mer et de vous asseoir au clair de la lune sur des
rochers, pour voir passer les grands vaisseaux et faire
75 connaissance avec les forêts et les villes. »

L'année suivante, l'aînée des sœurs allait atteindre
sa quinzième année, et, comme il n'y avait qu'une
année de différence entre chaque sœur, la plus jeune
devait encore attendre cinq ans pour sortir du fond de

---

1. *Bâtiments* : bateaux.
2. *Exhalassent* : subjonctif imparfait du verbe exhaler, voir « La
Petite Fille et les allumettes », note 2, p. 30.

la mer. Mais l'une promettait toujours à l'autre de lui ₈₀
faire le récit des merveilles qu'elle aurait vues à sa première sortie ; car leur grand-mère ne parlait jamais
assez, et il y avait tant de choses qu'elles brûlaient de
savoir !

La plus curieuse, c'était certes la plus jeune ; sou- ₈₅
vent, la nuit, elle se tenait auprès de la fenêtre ouverte,
cherchant à percer de ses regards l'épaisseur de l'eau
bleue que les poissons battaient de leurs nageoires et
de leur queue. Elle aperçut en effet la lune et les
étoiles, mais elles lui paraissaient toutes pâles et consi- ₉₀
dérablement grossies par l'eau.

Lorsque quelque nuage noir les voilait, elle savait
que c'était une baleine ou un navire chargé d'hommes
qui nageait au-dessus d'elle. Certes, ces hommes ne
pensaient pas qu'une charmante petite sirène étendait ₉₅
au-dessous d'eux ses mains blanches vers la carène [1].

54   Le jour vint où la princesse aînée atteignit sa quinzième année, et elle monta à la surface de la mer.

À son retour, elle avait mille choses à raconter.
« Oh ! disait-elle, c'est délicieux de voir, étendue au ₁₀₀
clair de la lune sur un banc de sable, au milieu de la
mer calme, les rivages de la grande ville où les
lumières brillent comme des centaines d'étoiles ; d'entendre la musique harmonieuse, le son des cloches
des églises, et tout ce bruit d'hommes et de voitures ! » ₁₀₅

Oh ! comme sa petite sœur l'écoutait attentive-
ment ! Tous les soirs, debout à la fenêtre ouverte,
regardant à travers l'énorme masse d'eau, elle rêvait à
la grande ville, à son bruit et à ses lumières, et croyait
entendre sonner les cloches tout près d'elle. ₁₁₀

L'année suivante, la seconde des sœurs reçut la
permission de monter. Elle sortit sa tête de l'eau au

---

1. *Carène* : coque extérieure du bateau.

moment où le soleil touchait à l'horizon, et la magnificence [1] de ce spectacle la ravit [2] au dernier point.

115   « Tout le ciel, disait-elle à son retour, ressemblait à
de l'or, et la beauté des nuages était au-dessus de tout
ce qu'on peut imaginer. Ils passaient devant moi,
rouges et violets, et, au milieu d'eux, volait vers le
soleil, comme un long voile blanc, une bande de
120 cygnes sauvages. Moi aussi, j'ai voulu nager vers le
grand astre rouge ; mais tout à coup il a disparu, et la
lueur rose qui teignait la surface de la mer ainsi que
les nuages s'évanouit bientôt. »

Puis vint le tour de la troisième sœur. C'était la plus
125 hardie, aussi elle remonta le cours d'un large fleuve.
Elle vit d'admirables collines plantées de vignes, de
châteaux et de fermes situés au milieu de forêts
superbes. Elle entendit le chant des oiseaux, et l'ardeur du soleil la força à se plonger plusieurs fois dans
130 l'eau pour rafraîchir sa figure. Dans une baie, elle ren-
contra une foule de petits êtres humains qui jouaient
en se baignant. Elle voulut jouer avec eux, mais ils se
sauvèrent tout effrayés, et un animal noir – c'était un
chien – se mit à aboyer si terriblement qu'elle fut prise
135 de peur et regagna promptement [3] la pleine mer. Mais
jamais elle ne put oublier les superbes forêts, les collines vertes et les gentils enfants qui savaient nager,
quoiqu'ils n'eussent point de queue de poisson.

La quatrième sœur, qui était moins hardie, aima
140 mieux rester au milieu de la mer sauvage, où la vue
s'étendait à plusieurs lieues, et où le ciel s'arrondissait
au-dessus de l'eau comme une grande cloche de verre.

55

---

1. *Magnificence* : voir « La Petite Poucette », note 1, p. 40.

2. *Ravit* : enchanta.

3. *Promptement* : voir « La Petite Fille et les allumettes », note 1,
p. 31.

Elle apercevait de loin les navires, pas plus grands que des mouettes; les dauphins joyeux faisaient des culbutes, et les baleines colossales lançaient des jets d'eau de leurs narines.

Le tour de la cinquième arriva; son jour tomba précisément en hiver : aussi vit-elle ce que les autres n'avaient pas encore pu voir. La mer avait une teinte verdâtre, et partout nageaient, avec des formes bizarres, et brillantes comme des diamants, des montagnes de glace[1]. «Chacune d'elles, disait la voyageuse, ressemble à une perle plus grosse que les tours d'église que bâtissent les hommes.» Elle s'était assise sur une des plus grandes, et tous les navigateurs se sauvaient de cet endroit où elle abandonnait sa longue chevelure au gré des vents. Le soir, un orage couvrit le ciel de nuées; les éclairs brillèrent, le tonnerre gronda, tandis que la mer, noire et agitée, élevant les grands monceaux de glace, les faisait briller de l'éclat rouge des éclairs. Toutes les voiles furent serrées, la terreur se répandit partout; mais elle, tranquillement assise sur sa montagne de glace, vit la foudre tomber en zigzag sur l'eau luisante.

La première fois qu'une des sœurs sortait de l'eau, elle était toujours enchantée de toutes les nouvelles choses qu'elle apercevait; mais, une fois grandie, lorsqu'elle pouvait monter à loisir, le charme[2] disparaissait, et elle disait au bout d'un mois qu'en bas tout était bien plus gentil, et que rien ne valait son chez-soi.

Souvent, le soir, les cinq sœurs, se tenant par le bras, montaient ainsi à la surface de l'eau. Elles avaient des voix enchanteresses comme nulle créature

---

1. Par l'expression «montagnes de glace», Andersen, danois, désigne les icebergs.
2. *Charme* : enchantement.

humaine, et, si par hasard quelque orage leur faisait
175 croire qu'un navire allait sombrer, elles nageaient
devant lui et entonnaient des chants magnifiques sur
la beauté du fond de la mer, invitant les marins à leur
rendre visite. Mais ceux-ci ne pouvaient comprendre
les paroles des sirènes, et ils ne virent jamais les magni-
180 ficences qu'elles célébraient ; car, aussitôt le navire
englouti, les hommes se noyaient, et leurs cadavres
seuls arrivaient au château du roi de la mer.

Pendant l'absence de ses cinq sœurs, la plus jeune,
restée seule auprès de la fenêtre, les suivait du regard
185 et avait envie de pleurer. Mais une sirène n'a point de
larmes, et son cœur en souffre davantage.

« Oh ! si j'avais quinze ans ! disait-elle, je sens déjà
combien j'aimerais le monde d'en haut et les hommes
qui l'habitent. »

190 Le jour vint où elle eut quinze ans.

« Tu vas partir, lui dit sa grand-mère, la vieille reine   **57**
douairière [1] ; viens que je fasse ta toilette comme à tes
sœurs. »

Et elle posa sur ses cheveux une couronne de lis
195 blancs dont chaque feuille était la moitié d'une perle ;
puis elle fit attacher à la queue de la princesse huit
grandes huîtres pour désigner son rang élevé.

« Comme elles me font mal ! dit la petite sirène.

– Si l'on veut être bien habillée, il faut souffrir un
200 peu », répliqua la vieille reine.

Cependant la jeune fille aurait volontiers rejeté
tout ce luxe et la lourde couronne qui pesait sur sa
tête. Les fleurs rouges de son jardin lui allaient beaucoup mieux ; mais elle n'osa pas faire d'observations.

---

1. Le douaire était autrefois une somme d'argent léguée par un
mari à sa veuve ; ici l'expression « vieille reine douairière »
désigne la reine mère qui est veuve et âgée.

Gustave Moreau (1826-1898), *Les Sirènes.*

Les sirènes, êtres fabuleux moitié femmes moitié poissons, charment les navigateurs de

205 « Adieu ! » dit-elle ; et, légère comme une bulle de savon, elle traversa l'eau.

Lorsque sa tête apparut à la surface de la mer, le soleil venait de se coucher ; mais les nuages brillaient encore comme des roses et de l'or, et l'étoile du soir 210 étincelait au milieu du ciel. L'air était doux et frais, la mer paisible. Près de la petite sirène se trouvait un navire à trois mâts ; il n'avait qu'une voile dehors, à cause du calme, et les matelots étaient assis sur les vergues[1] et sur les cordages. La musique et les chants 215 y résonnaient sans cesse, et à l'approche de la nuit on alluma cent lanternes de diverses couleurs. Suspendus aux cordages, on aurait cru voir les pavillons[2] de toutes les nations. La petite sirène nagea jusqu'à la fenêtre de la grande chambre, et, chaque fois que 220 l'eau la soulevait, elle apercevait à travers les vitres transparentes une quantité d'hommes magnifiquement habillés. Le plus beau d'entre eux était un jeune prince aux grands cheveux noirs, âgé d'environ seize ans, et c'était pour célébrer sa fête que tous ces prépa- 225 ratifs avaient lieu.

Les matelots dansaient sur le pont, et, lorsque le jeune prince s'y montra, cent fusées s'élevèrent dans les airs, répandant une lumière comme celle du jour. La petite sirène eut peur et s'enfonça dans l'eau ; mais 230 bientôt elle reparut, et alors toutes les étoiles du ciel semblèrent pleuvoir sur elle. Jamais elle n'avait vu un pareil feu d'artifice ; de grands soleils tournaient, des poissons de feu fendaient l'air, et toute la mer, pure et calme, brillait. Sur le navire on pouvait voir chaque

59

---

1. *Vergues* : longues pièces de bois mises en travers d'un mât pour orienter la voile.
2. *Pavillons* : pièces de tissu que l'on hisse sur un bateau pour indiquer sa nationalité.

petit cordage, et encore mieux les hommes. Oh! que   ₂₃₅
le jeune prince était beau! il serrait la main à tout le
monde, parlait et souriait à chacun tandis que la
musique envoyait dans la nuit ses sons harmonieux.

    Il était tard, mais la petite sirène ne put se lasser
d'admirer le vaisseau et le beau prince. Les lanternes   240
ne brillaient plus, et les coups de canon avaient cessé;
toutes les voiles furent successivement déployées et le
vaisseau s'avança rapidement sur l'eau. La princesse le
suivit, sans détourner un instant ses regards de la
fenêtre. Mais bientôt la mer commença à s'agiter; les   245
vagues grossissaient, et de grands nuages noirs
s'amoncelaient dans le ciel. Dans le lointain brillaient
les éclairs, un orage terrible se préparait. Le vaisseau
se balançait sur la mer impétueuse [1], dans une marche
rapide. Les vagues, se dressant comme de hautes mon-   250
tagnes, tantôt le faisaient rouler entre elles comme un
cygne, tantôt l'élevaient sur leur cime. La petite sirène
se plut d'abord à ce voyage accidenté; mais, lorsque le
vaisseau, subissant de violentes secousses, commença à
craquer, lorsque tout à coup le mât se brisa comme un   255
jonc [2], et que le vaisseau se pencha d'un côté tandis
que l'eau pénétrait dans la cale, alors elle comprit le
danger, et elle dut prendre garde elle-même aux
poutres et aux débris qui s'en détachaient.

    Par moments il se faisait une telle obscurité,   260
qu'elle ne distinguait absolument rien; d'autres fois,
les éclairs lui rendaient visibles les moindres détails de
cette scène. L'agitation était à son comble sur le
navire; encore une secousse! il se fendit tout à fait, et
elle vit le jeune prince s'engloutir dans la mer pro-   265

---

1. *Impétueuse* : déchaînée (du latin *impetus*, « impulsion »).
2. *Jonc* : tige haute et droite de la plante du même nom qui
pousse dans l'eau, les marécages et sur les terrains humides.

60

fonde. Transportée de joie, elle crut qu'il allait descendre dans sa demeure ; mais elle se rappela que les hommes ne peuvent vivre dans l'eau, et que par conséquent il arriverait mort au château de son père. Alors,
270 pour le sauver, elle traversa à la nage les poutres et les planches éparses sur la mer, au risque de se faire écraser, plongea profondément sous l'eau à plusieurs reprises, et ainsi elle arriva jusqu'au jeune prince, au moment où ses forces commençaient à l'abandonner
275 et où il fermait déjà les yeux, près de mourir. La petite sirène le saisit, soutint sa tête au-dessus de l'eau, puis s'abandonna avec lui au caprice des vagues.

Le lendemain matin, le beau temps était revenu, mais il ne restait plus rien du vaisseau. Un soleil rouge,
280 aux rayons pénétrants, semblait rappeler la vie sur les joues du prince ; mais ses yeux restaient toujours fermés. La sirène déposa un baiser sur son front et releva ses cheveux mouillés. Elle lui trouva une ressemblance avec la statue de marbre de son petit jardin, et fit des
285 vœux pour son salut[1]. Elle passa devant la terre ferme, couverte de hautes montagnes bleues à la cime desquelles brillait la neige blanche. Au pied de la côte, au milieu d'une superbe forêt verte, s'étendait un village avec une église ou un couvent. En dehors des portes
290 s'élevaient de grands palmiers, et dans les jardins croissaient des orangers et des citronniers ; non loin de cet endroit, la mer formait un petit golfe s'allongeant jusqu'à un rocher couvert d'un sable fin et blanc. C'est là que la sirène déposa le prince, ayant
295 soin de lui tenir la tête haute et de la présenter aux rayons du soleil.

Bientôt les cloches de l'église commencèrent à sonner, et une quantité de jeunes filles apparurent

61

---

1. *Son salut* : sa guérison, sa santé (du latin *salus*, « santé »).

dans un des jardins. La petite sirène s'éloigna en nageant, et se cacha derrière quelques grosses pierres pour observer ce qui arriverait au pauvre prince. 300

Quelques moments après, une des jeunes filles vint à passer devant lui ; d'abord elle parut s'effrayer, mais, se remettant aussitôt, elle courut chercher d'autres personnes qui prodiguèrent [1] au prince toutes espèces 305 de soins. La sirène le vit reprendre ses sens et sourire à tous ceux qui l'entouraient ; à elle seule il ne sourit pas, ignorant qui l'avait sauvé. Aussi, lorsqu'elle le vit conduire dans une grande maison, elle plongea tristement et retourna au château de son père. 310

Elle avait toujours été silencieuse et réfléchie ; à partir de ce jour, elle le devint encore davantage. Ses sœurs la questionnèrent sur ce qu'elle avait vu là-haut, mais elle ne raconta rien.

Plus d'une fois, le soir et le matin, elle retourna à 315 l'endroit où elle avait laissé le prince. Elle vit mûrir les fruits du jardin, elle vit fondre la neige sur les hautes montagnes, mais elle ne vit pas le prince ; et elle retournait toujours plus triste au fond de la mer. Là, sa seule consolation était de s'asseoir dans son petit jardin 320 et d'entourer de ses bras la jolie statuette de marbre qui ressemblait au prince, tandis que ses fleurs négligées, oubliées, s'allongeaient dans les allées comme dans un lieu sauvage, entrelaçaient leurs longues tiges dans les branches des arbres, et formaient ainsi des 325 voûtes épaisses qui obstruaient la lumière [2].

Enfin cette existence lui devint insupportable ; elle confia tout à une de ses sœurs, qui le raconta aussitôt aux autres, mais à elles seules, et à quelques autres sirènes qui ne le répétèrent qu'à leurs amies intimes. 330

62

---

1. *Prodiguèrent* : donnèrent.
2. *Obstruaient la lumière* : empêchaient la lumière de passer.

Il se trouva qu'une de ces dernières, ayant vu aussi la fête célébrée sur le vaisseau, connaissait le prince et savait l'endroit où était situé son royaume.

«Viens, petite sœur», dirent les autres princesses;
335 et, s'entrelaçant les bras sur les épaules, elles s'élevèrent en file sur la mer devant le château du prince.

Ce château était construit de pierres jaunes et luisantes; de grands escaliers de marbre conduisaient à l'intérieur et au jardin; plusieurs dômes dorés[1]
340 brillaient sur le toit, et, entre les colonnes des galeries, se trouvaient des statues de marbre qui paraissaient vivantes. Les salles, magnifiques, étaient ornées de rideaux et de tapis incomparables, et les murs couverts de grandes peintures. Dans le grand salon, le soleil
345 réchauffait, à travers un plafond de cristal, les plantes les plus rares, qui poussaient dans un grand bassin au-dessous de plusieurs jets d'eau.

Dès lors, la petite sirène revint souvent à cet **63** endroit, la nuit comme le jour; elle s'approchait de la
350 côte, et osait même s'asseoir sous le grand balcon de marbre qui projetait son ombre bien avant sur les eaux. De là, elle voyait au clair de lune le jeune prince, qui se croyait seul; souvent, au son de la musique, il passa devant elle dans un riche bateau pavoisé[2], et
355 ceux qui apercevaient son voile blanc dans les roseaux verts la prenaient pour un cygne ouvrant ses ailes.

Elle entendait aussi les pêcheurs dire beaucoup de bien du jeune prince, et alors elle se réjouissait de lui avoir sauvé la vie, quoiqu'il l'ignorât complètement.
360 Son affection pour les hommes croissait de jour en jour; de jour en jour aussi elle désirait davantage s'éle-

---

1. Ce détail évoque davantage les palais orientaux que l'architecture danoise...

2. *Pavoisé*: tout orné et garni de pavillons et de drapeaux.

ver jusqu'à eux. Leur monde lui semblait bien plus vaste que le sien ; ils savaient franchir la mer avec des navires, grimper sur les hautes montagnes au-delà des nues [1] ; ils jouissaient d'immenses forêts et de champs verdoyants. Ses sœurs ne pouvant satisfaire toute sa curiosité, elle questionna sa vieille grand-mère, qui connaissait bien le monde plus élevé, celui qu'elle appelait à juste titre les pays au-dessus de la mer.

« Si les hommes ne se noient pas, demanda la jeune princesse, est-ce qu'ils vivent éternellement ? Ne meurent-ils pas comme nous ?

– Sans doute, répondit la vieille, ils meurent, et leur existence est même plus courte que la nôtre. Nous autres, nous vivons quelquefois trois cents ans ; puis, cessant d'exister, nous nous transformons en écume, car au fond de la mer ne se trouvent point de tombes pour recevoir les corps inanimés. Notre âme n'est pas immortelle ; avec la mort tout est fini. Nous sommes comme les roseaux verts : une fois coupés, ils ne verdissent plus jamais ! Les hommes, au contraire, possèdent une âme qui vit éternellement, qui vit après que leur corps s'est changé en poussière ; cette âme monte à travers la subtilité [2] de l'air jusqu'aux étoiles qui brillent, et, de même que nous nous élevons du fond des eaux pour voir le pays des hommes, ainsi eux s'élèvent à de délicieux endroits immenses, inaccessibles aux peuples de la mer.

– Mais pourquoi n'avons-nous pas aussi une âme immortelle ? dit la petite sirène affligée ; je donnerais volontiers les centaines d'années qui me restent à vivre pour être homme, ne fût-ce qu'un jour, et participer ensuite au monde céleste.

---

1. *Nues* : nuages (vieilli).
2. *Subtilité* : finesse ; ici, transparence.

– Ne pense pas à de pareilles sottises, répliqua la
395 vieille ; nous sommes bien plus heureux ici en bas que
les hommes là-haut.

– Il faut donc un jour que je meure ; je ne serai plus
qu'un peu d'écume ; pour moi plus de murmure des
vagues, plus de fleurs, plus de soleil ! N'est-il donc
400 aucun moyen pour moi d'acquérir une âme immortelle ?

– Un seul, mais à peu près impossible. Il faudrait
qu'un homme conçût pour toi un amour infini, que tu
lui devinsses plus chère que son père et sa mère. Alors,
405 attaché à toi de toute son âme et de tout son cœur, s'il
faisait unir par un prêtre sa main droite à la tienne en
promettant une fidélité éternelle, son âme se commu-
niquerait à ton corps, et tu serais admise au bonheur
des hommes. Mais jamais une telle chose ne pourra se
410 faire ! Ce qui passe ici dans la mer pour la plus grande
beauté, ta queue de poisson, ils la trouvent détestable
sur la terre. Pauvres hommes ! pour être beaux, ils
s'imaginent qu'il leur faut deux supports grossiers,
qu'ils appellent jambes ! »

415 La petite sirène soupira tristement en regardant sa
queue de poisson.

« Soyons gaies ! dit la vieille ; sautons et amusons-
nous le plus possible pendant les trois cents années de
notre existence ; c'est, ma foi, un laps de temps[1] assez
420 gentil[2], nous nous reposerons d'autant mieux après.
Ce soir il y a bal à la cour. »

On ne peut se faire une idée sur la terre d'une
pareille magnificence. La grande salle de danse tout
entière n'était que de cristal ; des milliers de coquillages
425 énormes, rangés de chaque côté, éclairaient la salle

65

---

1. *Laps de temps* : intervalle de temps.
2. *Gentil* : ici, suffisant.

d'une lumière bleuâtre, qui, à travers les murs trans-
parents, illuminait aussi la mer au-dehors. On y voyait
nager d'innombrables poissons, grands et petits, couverts d'écailles luisantes comme de la pourpre, de l'or
et de l'argent.   430

Au milieu de la salle, coulait une large rivière, sur
laquelle dansaient les dauphins et les sirènes au son de
leur propre voix, qui était superbe. La petite sirène fut
celle qui chanta le mieux, et on l'applaudit si fort, que
pendant un instant la satisfaction lui fit oublier les   435
merveilles de la terre. Mais bientôt elle reprit ses
anciens chagrins, pensant au beau prince et à son âme
immortelle. Elle quitta le chant et les rires, sortit tout
doucement du château, et s'assit dans son petit jardin.
Là, elle entendit le son des cors qui pénétrait l'eau.   440

« Le voilà qui passe, celui que j'aime de tout mon
cœur et de toute mon âme, celui qui occupe toutes
mes pensées, à qui je voudrais confier le bonheur de
ma vie ! Je risquerais tout pour lui et pour gagner une
âme immortelle. Pendant que mes sœurs dansent   445
dans le château de mon père, je vais aller trouver la
sorcière de la mer, que j'ai tant eue en horreur jusqu'à
ce jour. Elle pourra peut-être me donner des conseils
et me venir en aide. »

Et la petite sirène, sortant de son jardin, se dirigea   450
vers les tourbillons mugissants derrière lesquels
demeurait la sorcière. Jamais elle n'avait suivi ce chemin. Pas une fleur ni un brin d'herbe n'y poussait. Le
fond de sable, gris et nu, s'étendait jusqu'à l'endroit
où l'eau, comme des meules de moulin, tournait rapi-   455
dement sur elle-même, engloutissant tout ce qu'elle
pouvait attraper. La princesse se vit obligée de traverser ces terribles tourbillons pour arriver aux domaines
de la sorcière, dont la maison s'élevait au milieu d'une
forêt étrange. Tous les arbres et tous les buissons   460

n'étaient que des polypes[1], moitié animaux, moitié plantes, pareils à des serpents à cent têtes sortant de terre. Les branches étaient des bras longs et gluants, terminés par des doigts en forme de vers, et qui
465 remuaient continuellement. Ces bras s'enlaçaient sur tout ce qu'ils pouvaient saisir, et ne le lâchaient plus.

La petite sirène, prise de frayeur, aurait voulu s'en retourner ; mais, en pensant au prince et à l'âme de l'homme, elle s'arma de tout son courage. Elle attacha
470 autour de sa tête sa longue chevelure flottante, pour que les polypes ne pussent la saisir, croisa ses bras sur sa poitrine, et nagea ainsi, rapide comme un poisson, parmi ces vilaines créatures dont chacune serrait comme avec des liens de fer quelque chose entre ses
475 bras, soit des squelettes blancs de naufragés, soit des rames, des caisses ou des carcasses d'animaux. Pour comble d'effroi[2], la princesse en vit une qui enlaçait une petite sirène étouffée.

Enfin elle arriva à une grande place dans la forêt,
480 où de gros serpents de mer se roulaient en montrant leur hideux ventre jaunâtre. Au milieu de cette place se trouvait la maison de la sorcière, construite avec les os des naufragés, et où la sorcière, assise sur une grosse pierre, donnait à manger à un crapaud dans sa
485 main, comme les hommes font manger du sucre aux petits canaris. Elle appelait les affreux serpents ses petits poulets, et se plaisait à les faire rouler sur sa grosse poitrine spongieuse[3].

« Je sais ce que tu veux, s'écria-t-elle en apercevant
490 la princesse ; tes désirs sont stupides ; néanmoins je m'y prêterai, car je sais qu'ils te porteront malheur. Tu

67

---

1. *Polypes* : algues en forme de branches molles.
2. *Pour comble d'effroi* : peur suprême.
3. *Spongieuse* : qui a la consistance d'une éponge.

veux te débarrasser de ta queue de poisson, et la remplacer par deux de ces pièces avec lesquelles marchent les hommes, afin que le prince s'amourache de toi, t'épouse et te donne une âme immortelle. »   495

À ces mots elle éclata d'un rire épouvantable, qui fit tomber à terre le crapaud et les serpents.

« Enfin tu as bien fait de venir ; demain, au lever du soleil, c'eût été trop tard, et il t'aurait fallu attendre encore une année. Je vais te préparer un élixir[1] que tu   500
emporteras à terre avant le point du jour. Assieds-toi sur la côte, et bois-le. Aussitôt ta queue se rétrécira et se partagera en ce que les hommes appellent deux belles jambes. Mais je te préviens que cela te fera souffrir comme si l'on te coupait avec une épée tranchante.   505
Tout le monde admirera ta beauté, tu conserveras ta marche légère et gracieuse, mais chacun de tes pas te causera autant de douleur que si tu marchais sur des pointes d'épingle et fera couler ton sang. Si tu veux endurer toutes ces souffrances, je consens à t'aider.   510

– Je les supporterai ! dit la sirène d'une voix tremblante, en pensant au prince et à l'âme immortelle.

– Mais souviens-toi, continua la sorcière, qu'une fois changée en être humain, jamais tu ne pourras redevenir sirène ! Jamais tu ne reverras le château de ton père ;   515
et si le prince, oubliant son père et sa mère, ne s'attache pas à toi de tout son cœur et de toute son âme, ou s'il ne veut pas faire bénir votre union par un prêtre, tu n'auras jamais une âme immortelle. Le jour où il épousera une autre femme, ton cœur se brisera, et tu ne seras   520
plus qu'un peu d'écume sur la cime des vagues.

– J'y consens, dit la princesse, pâle comme la mort.

– En ce cas, poursuivit la sorcière, il faut aussi que tu me payes ; et je ne demande pas peu de chose. Ta voix

---

1. *Élixir* : ici, philtre magique.

68

525 est la plus belle parmi celles du fond de la mer, tu penses avec elle enchanter le prince, mais c'est précisément ta voix que j'exige en payement. Je veux ce que tu as de plus beau en échange de mon précieux élixir ; car, pour le rendre bien efficace, je dois y verser mon propre sang.

530 — Mais si tu prends ma voix, demanda la petite sirène, que me restera-t-il ?

— Ta charmante figure, répondit la sorcière, ta marche légère et gracieuse, et tes yeux expressifs : cela suffit pour entortiller [1] le cœur d'un homme. Allons !

535 du courage ! Tire ta langue, que je la coupe, puis je te donnerai l'élixir.

— Soit ! » répondit la princesse, et la sorcière lui coupa la langue. La pauvre enfant resta muette.

Là-dessus, la sorcière mit son chaudron sur le feu,
540 pour faire bouillir la boisson magique.

« La propreté est une bonne chose », dit-elle en prenant un paquet de vipères pour nettoyer le chaudron. Puis, se faisant une entaille dans la poitrine, elle laissa couler son sang noir dans le chaudron.

69

545 Une vapeur épaisse en sortit, formant des figures bizarres, affreuses. À chaque instant, la vieille ajoutait un nouvel ingrédient, et, lorsque le mélange bouillit à gros bouillons, il rendit un son pareil aux gémissements du crocodile. L'élixir, une fois préparé, ressem-
550 blait à de l'eau claire.

« Le voici, dit la sorcière, après l'avoir versé dans une fiole [2]. Si les polypes voulaient te saisir, quand tu t'en retourneras par ma forêt, tu n'as qu'à leur jeter une goutte de cette boisson, et ils éclateront en mille
555 morceaux. »

---

1. *Entortiller* : au sens propre, envelopper dans quelque chose que l'on tord ; au sens figuré, piéger.
2. *Fiole* : petit flacon de verre.

Ce conseil était inutile ; car les polypes, en apercevant l'élixir qui luisait dans la main de la princesse comme une étoile, reculèrent effrayés devant elle. Ainsi, elle traversa la forêt et les tourbillons mugissants.

Quand elle arriva au château de son père, les 560 lumières de la grande salle de danse étaient éteintes ; tout le monde dormait, sans doute, mais elle n'osa pas entrer. Elle ne pouvait plus leur parler, et bientôt elle allait les quitter pour jamais. Il lui semblait que son cœur se brisait de chagrin. Elle se glissa ensuite dans le 565 jardin, cueillit une fleur de chaque parterre de ses sœurs, envoya du bout des doigts mille baisers au château, et monta à la surface de la mer.

Le soleil ne s'était pas encore levé lorsqu'elle vit le château du prince. Elle s'assit sur la côte, et but 570 l'élixir ; ce fut comme si une épée effilée lui traversait le corps ; elle s'évanouit et resta comme morte. Le **70** soleil brillait déjà sur la mer lorsqu'elle se réveilla, éprouvant une douleur cuisante. Mais en face d'elle était le beau prince, qui attachait sur elle ses yeux 575 noirs. La petite sirène baissa les siens, et alors elle vit que sa queue de poisson avait disparu, et que deux jambes blanches et gracieuses la remplaçaient.

Le prince lui demanda qui elle était et d'où elle venait ; elle le regarda d'un air doux et affligé, sans 580 pouvoir dire un mot. Puis le jeune homme la prit par la main et la conduisit au château. Chaque pas, comme avait dit la sorcière, lui causait des douleurs atroces ; cependant, au bras du prince, elle monta l'escalier de marbre, légère comme une bulle de savon, et 585 tout le monde admira sa marche gracieuse. On la revêtit de soie et de mousseline [1], sans pouvoir assez admirer sa beauté ; mais elle restait toujours muette. Des

---

1. *Mousseline* : tissu léger, souple et transparent.

esclaves[1], habillées de soie et d'or, chantaient devant
590 le prince les exploits de ses ancêtres ; elles chantaient
bien, et le prince les applaudissait en souriant à la
jeune fille.

« S'il savait, pensa-t-elle, que pour lui j'ai sacrifié
une voix plus belle encore ! »

595 Après le chant, les esclaves exécutèrent une danse
gracieuse au son d'une musique charmante. Mais
lorsque la petite sirène se mit à danser, élevant ses bras
blancs et se tenant sur la pointe des pieds, sans toucher presque le plancher, tandis que ses yeux parlaient
600 au cœur mieux que le chant des esclaves, tous furent
ravis en extase[2] ; le prince s'écria qu'elle ne le quitte-
rait jamais, et lui permit de dormir à sa porte sur un
coussin de velours. Tout le monde ignorait les souffrances qu'elle avait endurées en dansant.

605 Le lendemain, le prince lui donna un costume
d'amazone[3] pour qu'elle le suivît à cheval. Ils traversè-
rent ainsi les forêts parfumées et gravirent les hautes
montagnes ; la princesse, tout en riant, sentait saigner
ses pieds.

610 La nuit, lorsque les autres dormaient, elle descendit secrètement l'escalier de marbre et se rendit à la
côte pour rafraîchir ses pieds brûlants dans l'eau
froide de la mer, et le souvenir de sa patrie revint à son
esprit.

615 Une nuit, elle aperçut ses sœurs se tenant par la
main ; elles chantaient si tristement en nageant, que la

71

---

1. À l'époque d'Andersen l'esclavage est aboli.
2. *Ravis en extase* : absolument émerveillés, éperdus d'admiration.
3. Dans la mythologie grecque antique, les Amazones étaient
un peuple de femmes guerrières se déplaçant, chassant et com-
battant à cheval ; un costume d'amazone est un élégant costume de cavalière.

petite sirène ne put s'empêcher de leur faire signe.
L'ayant reconnue, elles lui racontèrent combien elle
leur avait causé de chagrin. Toutes les nuits elles revinrent, et, une fois, elles amenèrent aussi la vieille grand- 620
mère, qui depuis nombre d'années n'avait pas mis la
tête hors de l'eau, et le roi de la mer avec sa couronne
de corail. Tous les deux étendirent leurs mains vers
leur fille ; mais ils n'osèrent pas, comme ses sœurs,
s'approcher de la côte. 625

Tous les jours, le prince l'aimait de plus en plus,
mais il l'aimait comme on aime une enfant bonne et
gentille, sans avoir l'idée d'en faire sa femme.
Cependant, pour qu'elle eût une âme immortelle et
qu'elle ne devînt pas un jour un peu d'écume, il fallait 630
que le prince épousât la sirène.

« Ne m'aimes-tu pas mieux que toutes les autres ?
voilà ce que semblaient dire les yeux de la pauvre
petite lorsque, la prenant dans ses bras, il déposait un
baiser sur son beau front. 635

– Certainement, répondit le prince, car tu as
meilleur cœur que toutes les autres ; tu m'es plus
dévouée, et tu ressembles à une jeune fille que j'ai vue
un jour, mais que sans doute je ne reverrai jamais. Me
trouvant sur un navire qui fit naufrage, je fus poussé à 640
terre par les vagues, près d'un couvent habité par plusieurs jeunes filles. La plus jeune d'entre elles me
trouva sur la côte, et me sauva la vie, mais je ne la vis
que deux fois. Jamais, dans le monde, je ne pourrai
aimer une autre qu'elle ; eh bien ! tu lui ressembles, 645
quelquefois même tu remplaces son image dans mon
âme.

– Hélas ! pensa la petite sirène, il ignore que c'est
moi qui l'ai porté à travers les flots jusqu'au couvent
pour le sauver. Il en aime une autre ? Cependant cette 650
jeune fille est enfermée dans un couvent, elle ne sort

72

jamais ; peut-être l'oubliera-t-il pour moi, pour moi qui l'aimerai et lui serai dévouée toute ma vie. »

655 « Le prince va épouser la charmante fille du roi voisin, dit-on un jour ; il équipe un superbe navire sous prétexte de rendre seulement visite au roi, mais la vérité est qu'il va épouser sa fille. » Cela fit sourire la sirène, qui savait mieux que personne les pensées du prince, car il lui avait dit : « Puisque mes parents l'exi-

660 gent, j'irai voir la belle princesse, mais jamais ils ne me forceront à la ramener pour en faire ma femme. Je ne puis l'aimer ; elle ne ressemble pas, comme toi, à la jeune fille du couvent, et je préférerais t'épouser, toi, pauvre enfant trouvée, aux yeux si expressifs, malgré

665 ton éternel silence. »

Le prince partit.

En parlant ainsi, il avait déposé un baiser sur sa longue chevelure.

« J'espère que tu ne crains pas la mer, mon

670 enfant », lui dit-il sur le navire qui les emportait.

Puis il lui parla des tempêtes et de la mer en fureur, des étranges poissons et de tout ce que les plongeurs trouvent au fond des eaux. Ces discours la faisaient sourire, car elle connaissait le fond de la mer mieux

675 que personne assurément.

Au clair de la lune, lorsque les autres dormaient, assise sur le bord du vaisseau, elle plongeait ses regards dans la transparence de l'eau, croyant apercevoir le château de son père, et sa vieille grand-mère les

680 yeux fixés sur la carène. Une nuit, ses sœurs lui apparurent ; elles la regardaient tristement et se tordaient les mains. La petite les appela par des signes, et s'efforça de leur faire entendre que tout allait bien ; mais au même instant le mousse [1] s'approcha, et elles dispa-

73

---

1. *Mousse* : plus jeune marin sur un bateau.

rurent en laissant croire au petit marin qu'il n'avait vu 685
que l'écume de la mer.

Le lendemain, le navire entra dans le port de la
ville où résidait le roi voisin. Toutes les cloches sonnè-
rent, la musique retentit du haut des tours, et les soldats se rangèrent sous leurs drapeaux flottants. Tous 690
les jours ce n'étaient que fêtes, bals, soirées ; mais la
princesse n'était pas encore arrivée du couvent, où
elle avait reçu une brillante éducation [1].

La petite sirène était bien curieuse de voir sa
beauté ; elle eut enfin cette satisfaction. Elle dut recon- 695
naître que jamais elle n'avait vu une si belle figure,
une peau si blanche et de grands yeux noirs si sédui-
sants.

« C'est toi ! s'écria le prince en l'apercevant, c'est
toi qui m'as sauvé la vie sur la côte » ; et il serra dans 700
ses bras sa fiancée rougissante. « C'est trop de bonheur ! continua-t-il en se tournant vers la petite sirène.
Mes vœux les plus ardents sont accomplis ! Tu parta-
geras ma félicité [2], car tu m'aimes mieux que tous les
autres. » 705

L'enfant de la mer baisa la main du prince, bien
qu'elle se sentît le cœur brisé.

Le jour de la noce de celui qu'elle aimait, elle
devait mourir et se changer en écume.

La joie régnait partout ; des hérauts [3] annoncèrent 710
les fiançailles dans toutes les rues au son des trom-
pettes. Dans la grande église, une huile parfumée brû-

74

---

1. Au XIXᵉ siècle, il n'était pas rare que les jeunes filles suivent
une scolarité dans des couvents, qui servaient de pensionnats
où les professeurs étaient des religieuses.
2. *Félicité* : bonheur (du latin *felix*, « heureux »).
3. *Hérauts* : officiers ayant pour fonction de transmettre les
annonces royales au public.

lait dans des lampes d'argent, les prêtres agitaient les
encensoirs[1] ; les deux fiancés se donnèrent la main et
715 reçurent la bénédiction de l'évêque. Habillée de soie
et d'or, la petite sirène assistait à la cérémonie ; mais
elle ne pensait qu'à sa mort prochaine et à tout ce
qu'elle avait perdu dans ce monde.

Le même soir, les deux jeunes époux s'embarquè-
720 rent au bruit des salves d'artillerie[2]. Tous les pavillons
flottaient, et au milieu du vaisseau se dressait une
tente royale d'or et de pourpre, où l'on avait préparé
un magnifique lit de repos. Les voiles s'enflèrent, et le
vaisseau glissa légèrement sur la mer limpide.

725 À l'approche de la nuit, on alluma des lampes de
diverses couleurs, et les marins se mirent à danser
joyeusement sur le pont. La petite sirène se rappela
alors la soirée où, pour la première fois, elle avait vu le
monde des hommes. Elle se mêla à la danse, légère
730 comme une hirondelle, et elle se fit admirer comme   75
un être surhumain. Mais il est impossible d'exprimer
ce qui se passait dans son cœur ; au milieu de la danse
elle pensait à celui pour qui elle avait quitté sa famille
et sa patrie, sacrifié sa voix merveilleuse et subi des
735 tourments inouïs. Cette nuit était la dernière où elle
respirait le même air que lui, où elle pouvait regarder
la mer profonde et le ciel étoilé. Une nuit éternelle,
une nuit sans rêve l'attendait, puisqu'elle n'avait pas
une âme immortelle. Jusqu'à minuit la joie et la gaieté
740 régnèrent autour d'elle ; elle-même riait et dansait, la
mort dans le cœur.

---

1. *Encensoirs* : petits vases contenant de l'encens, un parfum qui
brûle en dégageant une fumée.
2. *Salves d'artillerie* : décharges de plusieurs armes à feu en
même temps, en signe de réjouissance ou d'accueil (du latin
salve, « salut ! »).

Enfin le prince et la princesse se retirèrent dans leur tente ; tout devint silencieux, et le pilote resta seul debout près du gouvernail. La petite sirène, appuyée sur ses bras blancs au bord du navire, regardait vers l'orient, du côté de l'aurore ; elle savait que le premier rayon du soleil allait la tuer. 745

Soudain ses sœurs sortirent de la mer, aussi pâles qu'elle-même ; leur longue chevelure ne flottait plus au vent, on l'avait coupée. 750

« Nous l'avons donnée à la sorcière, dirent-elles, pour qu'elle te vienne en aide et te sauve de la mort. Elle nous a donné un couteau bien affilé que voici. Avant le lever du soleil, il faut que tu l'enfonces dans le cœur du prince, et, lorsque son sang encore chaud 755 tombera sur tes pieds, ils se joindront et se changeront en une queue de poisson. Tu redeviendras sirène ; tu pourras redescendre dans l'eau près de nous, et ce n'est qu'à l'âge de trois cents ans que tu disparaîtras en écume. Mais dépêche-toi ! car avant le lever du 760 soleil, il faut que l'un de vous deux meure. Tue-le, et reviens ! Vois-tu cette raie rouge à l'horizon ? dans quelques minutes le soleil paraîtra, et tout sera fini pour toi ! »

Puis, poussant un profond soupir, elles s'enfoncè- 765 rent dans les vagues.

La petite sirène écarta le rideau de la tente, et elle vit la jeune femme endormie, la tête appuyée sur la poitrine du prince. Elle s'approcha d'eux, s'inclina, et déposa un baiser sur le front de celui qu'elle avait tant 770 aimé. Ensuite elle tourna ses regards vers l'aurore, qui luisait de plus en plus, regarda alternativement le couteau tranchant et le prince qui prononçait en rêvant le nom de son épouse, leva l'arme d'une main tremblante, et… la lança loin dans les vagues. Là où tomba 775 le couteau, des gouttes de sang semblèrent rejaillir de

76

l'eau. La sirène jeta encore un regard sur le prince, et se précipita dans la mer, où elle sentit son corps se dissoudre en écume.

780 À ce moment, le soleil sortit des flots ; ses rayons doux et bienfaisants tombaient sur l'écume froide, et la petite sirène ne se sentait pas morte ; elle vit le soleil brillant, les nuages de pourpre, et au-dessus d'elle flottaient mille créatures transparentes et célestes. Leurs 785 voix formaient une mélodie ravissante, mais si subtile, que nulle oreille humaine ne pouvait l'entendre, comme nul œil humain ne pouvait voir ces créatures. L'enfant de la mer s'aperçut qu'elle avait un corps semblable aux leurs, et qui se dégageait peu à peu de 790 l'écume.

« Où suis-je ? demanda-t-elle avec une voix dont aucune musique ne peut donner l'idée.

– Chez les filles de l'air, répondirent les autres. La sirène n'a point d'âme immortelle, et elle ne peut en 795 acquérir une que par l'amour d'un homme ; sa vie éternelle dépend d'un pouvoir étranger. Comme la sirène, les filles de l'air n'ont pas une âme immortelle, mais elles peuvent en gagner une par leurs bonnes actions. Nous volons dans les pays chauds, où l'air pes-800 tilentiel [1] tue les hommes, pour y ramener la fraîcheur ; nous répandons dans l'atmosphère le parfum des fleurs ; partout où nous passons, nous apportons des secours et nous ramenons la santé. Lorsque nous avons fait le bien pendant trois cents ans, nous rece-805 vons une âme immortelle, afin de participer à l'éternelle félicité des hommes. Pauvre petite sirène, tu as fait de tout ton cœur les mêmes efforts que nous ; comme nous tu as souffert, et, sortie victorieuse de tes

77

---

1. *Pestilentiel* : infect ; adjectif formé sur « peste », maladie très grave dont les microbes sont véhiculés par l'air.

épreuves, tu t'es élevée jusqu'au monde des esprits de l'air, où il ne dépend que de toi de gagner une âme 810 immortelle par tes bonnes actions. »

Et la petite sirène, élevant ses bras vers le ciel, versa des larmes pour la première fois. Les accents de la gaieté se firent entendre de nouveau sur le navire ; mais elle vit le prince et sa belle épouse regarder fixe- 815 ment avec mélancolie l'écume bouillonnante, comme s'ils savaient qu'elle s'était précipitée dans les flots. Invisible, elle embrassa la femme du prince, jeta un sourire à l'époux, puis monta avec les autres enfants de l'air sur un nuage rose qui s'éleva dans le ciel. 820

Statue de la petite sirène dans le port de Copenhague.

En 1909, un brasseur danois, Carl Jacobsen, assiste à une représentation de *La Petite Sirène*, ballet adapté du conte d'Andersen par Hans Beck. Il est si ému qu'il commande une statue pour honorer l'histoire. Depuis son inauguration en 1913, la petite sirène a eu la vie « rude » : on l'a couverte de peinture et décapitée à plusieurs reprises !

Les Habits neufs de l'empereur

Il y avait autrefois un empereur qui aimait tant les habits neufs, qu'il dépensait tout son argent à sa toilette. Lorsqu'il passait ses soldats en revue, lorsqu'il allait au spectacle ou à la promenade, il n'avait d'autre but que de montrer ses habits neufs. À chaque heure de 5 la journée, il changeait de vêtements, et comme on dit d'un roi : « Il est au Conseil », on disait de lui : « L'empereur est à sa garde-robe. » La capitale était une ville bien gaie, grâce à la quantité d'étrangers qui passaient ; mais un jour il y vint aussi deux fripons[1] qui se donnèrent 10 pour[2] des tisserands et déclarèrent savoir tisser la plus magnifique étoffe du monde. Non seulement les couleurs et le dessin étaient extraordinairement beaux, mais les vêtements confectionnés avec cette étoffe possédaient une qualité merveilleuse : ils devenaient invi- 15 sibles pour toute personne qui ne savait pas bien exercer son emploi ou qui avait l'esprit trop borné.

« Ce sont des habits impayables[3], pensa l'empereur ; grâce à eux, je pourrai connaître les hommes inca-

80

---

1. *Fripons* : escrocs, trompeurs.
2. *Se donnèrent pour* : se firent passer pour.
3. *Impayables* : qui n'ont pas de prix, très précieux.

20 pables de mon gouvernement : je saurai distinguer les
habiles des niais. Oui, cette étoffe m'est indispensable. »

Puis il avança aux deux fripons une forte somme
afin qu'ils pussent commencer immédiatement leur
travail.

25 Ils dressèrent en effet deux métiers [1], et firent semblant de travailler, quoiqu'il n'y eût absolument rien
sur les bobines. Sans cesse ils demandaient de la soie
fine et de l'or magnifique ; mais ils mettaient tout cela
dans leur sac, travaillant jusqu'au milieu de la nuit
30 avec des métiers vides.

« Il faut cependant que je sache où ils en sont », se
dit l'empereur.

Mais il se sentait le cœur serré en pensant que les
personnes niaises ou incapables de remplir leurs fonc-
35 tions ne pourraient voir l'étoffe. Ce n'était pas qu'il
doutât de lui-même ; toutefois il jugea à propos d'envoyer quelqu'un pour examiner le travail avant lui.
Tous les habitants de la ville connaissaient la qualité
merveilleuse de l'étoffe, et tous brûlaient d'impatience
40 de savoir combien leur voisin était borné ou incapable.

« Je vais envoyer aux tisserands mon bon vieux
ministre, pensa l'empereur, c'est lui qui peut le mieux
juger l'étoffe ; il se distingue autant par son esprit que
par ses capacités. »

45 L'honnête vieux ministre entra dans la salle où les
deux imposteurs [2] travaillaient avec les métiers vides.

« Bon Dieu ! pensa-t-il en ouvrant de grands yeux,
je ne vois rien. » Mais il n'en dit mot.

Les deux tisserands l'invitèrent à s'approcher, et lui
50 demandèrent comment il trouvait le dessin et les couleurs. En même temps ils montrèrent leurs métiers, et

81

---

1. *Métiers* : métiers à tisser.
2. *Imposteurs* : qui se font passer pour ce qu'ils ne sont pas.

le vieux ministre y fixa ses regards ; mais il ne vit rien, pour la raison bien simple qu'il n'y avait rien.

« Bon Dieu ! pensa-t-il, serais-je vraiment borné ? Il faut que personne ne s'en doute. Serais-je vraiment incapable ? Je n'ose avouer que l'étoffe est invisible pour moi.

– Eh bien ! qu'en dites-vous ? dit l'un des tisserands.

– C'est charmant, c'est tout à fait charmant ! répondit le ministre en mettant ses lunettes. Ce dessin et ces couleurs… oui, je dirai à l'empereur que j'en suis très content.

– C'est heureux pour nous », dirent les deux tisse-rands ; et ils se mirent à lui montrer des couleurs et des dessins imaginaires en leur donnant des noms. Le vieux ministre prêta la plus grande attention, pour répéter à l'empereur toutes leurs explications.

Les fripons demandaient toujours de l'argent, de la soie et de l'or ; il en fallait énormément pour ce tissu. Bien entendu qu'ils empochèrent le tout ; le métier res-tait vide et ils travaillaient toujours.

Quelque temps après, l'empereur envoya un autre fonctionnaire [1] honnête pour examiner l'étoffe et voir si elle s'achevait. Il arriva à ce nouveau député la même chose qu'au ministre ; il regardait et regardait toujours, mais ne voyait rien.

« N'est-ce pas que le tissu est admirable ? demandè-rent les deux imposteurs en montrant et expliquant le superbe dessin et les belles couleurs qui n'existaient pas.

– Cependant je ne suis pas niais ! pensait l'homme. C'est donc que je ne suis pas capable de remplir ma place ? C'est assez drôle, mais je prendrai bien garde de la perdre. »

1. *Fonctionnaire* : personne qui travaille pour un organisme public.

Puis il fit l'éloge de l'étoffe, et témoigna toute son
85 admiration pour le choix des couleurs et le dessin.

« C'est d'une magnificence[1] incomparable », dit-il
à l'empereur, et toute la ville parla de cette étoffe
extraordinaire.

Enfin, l'empereur lui-même voulut la voir pendant
90 qu'elle était encore sur le métier. Accompagné d'une
foule d'hommes choisis, parmi lesquels se trouvaient
les deux honnêtes fonctionnaires, il se rendit auprès
des adroits filous qui tissaient toujours, mais sans fil de
soie ni d'or, ni aucune espèce de fil.

95 « N'est-ce pas que c'est magnifique ! dirent les deux
honnêtes fonctionnaires. Le dessin et les couleurs sont
dignes de Votre Altesse. »

Et ils montrèrent du doigt le métier vide, comme si
les autres avaient pu y voir quelque chose.

100 « Qu'est-ce donc ? pensa l'empereur, je ne vois
rien. C'est terrible. Est-ce que je ne serais qu'un niais ?
Est-ce que je serais incapable de gouverner ? Jamais
rien ne pouvait m'arriver de plus malheureux. Puis
tout à coup il s'écria : C'est magnifique ! J'en témoigne
105 ici toute ma satisfaction. »

Il hocha la tête d'un air content, et regarda le
métier sans oser dire la vérité. Tous les gens de sa suite
regardèrent de même, les uns après les autres, mais
sans rien voir, et ils répétèrent comme l'empereur :
110 « C'est magnifique ! » Ils lui conseillèrent même de
revêtir cette nouvelle étoffe à la première grande procession[2]. « C'est magnifique ! c'est charmant ! c'est
admirable ! » exclamèrent toutes les bouches, et la
satisfaction était générale.

83

---

1. *Magnificence* : voir « La Petite Poucette », note 1, p. 40.
2. *Procession* : défilé.

Les deux imposteurs furent décorés, et reçurent le 115
titre de gentilshommes tisserands.

Toute la nuit qui précéda le jour de la procession,
ils veillèrent et travaillèrent à la clarté de seize bougies.
La peine qu'ils se donnaient était visible à tout le
monde. Enfin, ils firent semblant d'ôter l'étoffe du 120
métier, coupèrent dans l'air avec de grands ciseaux,
cousirent avec une aiguille sans fil, après quoi ils déclarèrent que le vêtement était achevé.

L'empereur, suivi de ses aides de camp, alla l'examiner, et les filous, levant un bras en l'air comme s'ils 125
tenaient quelque chose, dirent :

« Voici le pantalon, voici l'habit, voici le manteau.
C'est léger comme de la toile d'araignée. Il n'y a pas
de danger que cela vous pèse sur le corps, et voilà surtout en quoi consiste la vertu de cette étoffe. 130

– Certainement, répondirent les aides de camp ;
mais ils ne voyaient rien, puisqu'il n'y avait rien.

– Si Votre Altesse daigne se déshabiller, dirent les
fripons, nous lui essayerons les habits devant la grande
glace. » 135

L'empereur se déshabilla, et les fripons firent semblant de lui présenter une pièce après l'autre. Ils lui
prirent le corps comme pour lui attacher quelque
chose. Il se tourna et se retourna devant la glace.

« Grand Dieu ! que cela va bien ! quelle coupe élé- 140
gante ! s'écrièrent tous les courtisans. Quel dessin !
quelles couleurs ! quel précieux costume ! »

Le grand maître des cérémonies entra.

« Le dais [1] sous lequel Votre Altesse doit assister à la
procession est à la porte, dit-il. 145

– Bien ! je suis prêt, répondit l'empereur. Je crois
que je ne suis pas mal ainsi. »

1. *Dais* : pièce d'étoffe précieuse tendue au-dessus d'une personne lors d'une procession.

Illustration d'Edmond Dulac (1892-1953)
pour « Les Habits neufs de l'empereur » (*La Reine des neiges
et quelques autres contes*, éd. Henri Piazza, 1911).

Et il se tourna encore une fois devant la glace pour bien regarder l'effet de sa splendeur.

Les chambellans[1] qui devaient porter la traîne 150 firent semblant de ramasser quelque chose par terre ; puis ils élevèrent les mains, ne voulant pas convenir qu'ils ne voyaient rien du tout.

Tandis que l'empereur cheminait fièrement à la procession sous son dais magnifique, tous les hommes, 155 dans la rue et aux fenêtres, s'écriaient : « Quel superbe costume ! Comme la traîne en est gracieuse ! Comme la coupe en est parfaite ! » Nul ne voulait laisser voir qu'il ne voyait rien ; il aurait été déclaré niais ou incapable de remplir un emploi. Jamais les habits de l'em- 160 pereur n'avaient excité une telle admiration.

« Mais il me semble qu'il n'a pas du tout d'habit, observa un petit enfant.

– Seigneur Dieu, entendez la voix de l'innocence ! » dit le père. 165

Et bientôt on chuchota dans la foule en répétant les paroles de l'enfant.

« Il y a un petit enfant qui dit que l'empereur n'a pas d'habit du tout !

– Il n'a pas du tout d'habit ! » s'écria enfin tout le 170 peuple.

L'empereur en fut extrêmement mortifié[2], car il lui semblait qu'ils avaient raison. Cependant il se raisonna et prit sa résolution :

« Quoi qu'il en soit, il faut que je reste jusqu'à la 175 fin ! »

Puis, il se redressa plus fièrement encore, et les chambellans continuèrent à porter avec respect la traîne qui n'existait pas.

---

1. *Chambellans* : autrefois, officiers personnels du roi.
2. *Mortifié* : blessé dans son amour-propre.

L'Intrépide Soldat de plomb

Il y avait une fois vingt-cinq soldats de plomb, tous frères, car ils étaient nés d'une vieille cuiller de plomb. L'arme au bras, l'œil fixe, l'uniforme rouge et bleu, quelle fière mine ils avaient tous ! La première chose
5 qu'ils entendirent en ce monde, quand fut enlevé le couvercle de la boîte qui les renfermait, ce fut ce cri : « Des soldats de plomb ! » que poussait un petit garçon en battant des mains. On les lui avait donnés en cadeau pour sa fête, et il s'amusait à les ranger sur la
10 table. Tous les soldats se ressemblaient parfaitement, à l'exception d'un seul, qui n'avait qu'une jambe : on l'avait jeté dans le moule le dernier, et il ne restait pas assez de plomb. Cependant il se tenait aussi ferme sur cette jambe que les autres sur deux, et c'est lui préci-
15 sément qu'il nous importe de connaître.

Sur la table où étaient rangés nos soldats, il se trouvait beaucoup d'autres joujoux ; mais ce qu'il y avait de plus curieux, c'était un charmant château de papier. À travers les petites fenêtres, on pouvait voir jusque dans
20 les salons. Au-dehors se dressaient de petits arbres autour d'un petit miroir imitant un petit lac ; des cygnes en cire y nageaient et s'y reflétaient. Tout cela était bien gentil[1] ; mais ce qu'il y avait de bien plus

---

1. *Gentil* : ici, sympathique (vieilli).

gentil encore, c'était une petite demoiselle debout à la porte ouverte du château. Elle aussi était de papier ; mais elle portait un jupon de linon[1] transparent et très léger, et au-dessus de l'épaule, en guise d'écharpe, un petit ruban bleu, étroit, au milieu duquel étincelait une paillette aussi grande que sa figure. La petite demoiselle tenait ses deux bras étendus, car c'était une danseuse, et elle levait une jambe si haut dans l'air, que le petit soldat de plomb ne put la découvrir, et s'imagina que la demoiselle n'avait comme lui qu'une jambe.

« Voilà une femme qui me conviendrait, pensa-t-il, mais elle est trop grande dame. Elle habite un château, moi une boîte, en compagnie de vingt-quatre camarades, et je n'y trouverais pas même une place pour elle. Cependant il faut que je fasse sa connaissance. »

Et, ce disant, il s'étendit derrière une tabatière. Là il pouvait à son aise regarder l'élégante petite dame, qui toujours se tenait sur une jambe, sans perdre l'équilibre.

Le soir, tous les autres soldats furent remis dans leur boîte, et les gens de la maison allèrent se coucher. Aussitôt les joujoux commencèrent à s'amuser tout seuls : d'abord ils jouèrent à colin-maillard, puis ils se firent la guerre, enfin ils donnèrent un bal. Les soldats de plomb s'agitaient dans leur boîte, car ils auraient bien voulu en être ; mais comment soulever le couvercle ? Le casse-noisette fit des culbutes, et le crayon traça mille folies sur son ardoise. Le bruit devint si fort, que le serin se réveilla et se mit à chanter. Les seuls qui ne bougeassent pas étaient le soldat de plomb et la petite danseuse. Elle se tenait toujours sur

88

---

1. *Linon* : tissu très fin et transparent, en lin ou en coton.

la pointe du pied, les bras étendus ; lui intrépidement [1]
sur son unique jambe, et sans cesser de l'épier.

60 Minuit sonna, et crac ! voilà le couvercle de la tabatière qui saute ; mais, au lieu de tabac, il y avait un petit
sorcier noir. C'était un jouet à surprise.

« Soldat de plomb, dit le sorcier, tâche de porter
ailleurs tes regards ! »

Mais le soldat fit semblant de ne pas entendre.

65 « Attends jusqu'à demain, et tu verras ! » reprit le
sorcier.

Le lendemain, lorsque les enfants furent levés, ils
placèrent le soldat de plomb sur la fenêtre ; mais tout
à coup, enlevé par le sorcier ou par le vent, il s'envola
70 du troisième étage, et tomba la tête la première sur le
pavé. Quelle terrible chute ! Il se trouva la jambe en
l'air, tout son corps portant sur son shako [2], et la baïon-
nette enfoncée entre deux pavés.

La servante et le petit garçon descendirent pour le
75 chercher, mais ils faillirent l'écraser sans le voir. Si le
soldat eût crié : « Prenez garde ! » ils l'auraient bien
trouvé ; mais il jugea que ce serait déshonorer l'uniforme.

La pluie commença à tomber, les gouttes se suivi-
80 rent bientôt sans intervalle ; ce fut alors un vrai
déluge. Après l'orage, deux gamins vinrent à passer :

« Ohé ! dit l'un, par ici ! Voilà un soldat de plomb,
faisons-le naviguer. »

Ils construisirent un bateau avec un vieux journal,
85 mirent dedans le soldat de plomb, et lui firent descendre le ruisseau. Les deux gamins couraient à côté
et battaient des mains. Quels flots, grand Dieu ! dans

89

---

1. *Intrépidement* : sans avoir peur ; « intrépide » signifie littéralement « qui ne tremble pas ».
2. *Shako* : chapeau rigide porté par certains militaires.

ce ruisseau ! que le courant y était fort ! Mais aussi il avait plu à verse [1]. Le bateau de papier était étrangement ballotté ; mais, malgré tout ce fracas, le soldat de plomb restait impassible [2], le regard fixe et l'arme au bras.

Tout à coup le bateau fut poussé dans un petit canal où il faisait aussi noir que dans la boîte aux soldats.

« Où vais-je maintenant ? pensa-t-il. Oui, oui, c'est le sorcier qui me fait tout ce mal. Cependant, si la petite demoiselle était dans le bateau avec moi, l'obscurité fût-elle deux fois plus profonde, cela ne me ferait rien. »

Bientôt un gros rat d'eau se présenta ; c'était un habitant du canal :

« Voyons ton passeport, ton passeport ! »

Mais le soldat de plomb garda le silence et serra son fusil. La barque continua sa route, et le rat la poursuivit. Ouf ! il grinçait des dents, et criait aux pailles et aux petits bâtons : « Arrêtez-le, arrêtez-le ! il n'a pas payé son droit de passage, il n'a pas montré son passeport. »

Mais le courant devenait plus fort, toujours plus fort, déjà le soldat apercevait le jour, mais il entendait en même temps un murmure capable d'effrayer l'homme le plus intrépide. Il y avait au bout du canal une chute d'eau, aussi dangereuse pour lui que l'est pour nous une cataracte [3]. Il en était déjà si près qu'il ne pouvait plus s'arrêter. La barque s'y lança : le pauvre soldat se tenait aussi roide [4] que possible, et

90

---

1. *Il avait plu à verse* : il avait plu en abondance.
2. *Impassible* : qui ne manifeste pas le moindre sentiment.
3. *Cataracte* : très grosse chute d'eau.
4. *Roide* : raide (vieilli).

personne n'eût osé dire qu'il clignait seulement des
yeux. La barque, après avoir tourné plusieurs fois sur
120 elle-même, s'était remplie d'eau ; elle allait s'engloutir.
L'eau montait jusqu'au cou du soldat, la barque s'en-
fonçait de plus en plus. Le papier se déplia, et l'eau se
referma tout à coup sur la tête de notre homme. Alors
il pensa à la gentille petite danseuse qu'il ne reverrait
125 jamais, et crut entendre une voix qui chantait.

> *Soldat, le péril est grand ;*
> *Voici la mort qui t'attend !*

Le papier se déchira, et le soldat passa au travers.
Au même instant il fut dévoré par un grand poisson.

130 C'est alors qu'il faisait noir pour le malheureux !
C'était pis encore que dans le canal. Et puis comme il
y était serré ! Mais toujours intrépide, le soldat de
plomb s'étendit de tout son long, l'arme au bras.

Le poisson s'agitait en tous sens et faisait d'affreux
135 mouvements ; enfin il s'arrêta, et un éclair parut le
transpercer. Le jour se laissa voir, et quelqu'un s'écria :
« Un soldat de plomb ! » Le poisson avait été pris,
exposé au marché, vendu, porté dans la cuisine, et la
cuisinière l'avait ouvert avec un grand couteau. Elle
140 prit avec deux doigts le soldat de plomb par le milieu
du corps, et l'apporta dans la chambre, où tout le
monde voulut contempler cet homme remarquable
qui avait voyagé dans le ventre d'un poisson.
Cependant le soldat n'en était pas fier. On le plaça sur
145 la table, et là – comme il arrive parfois des choses
bizarres dans le monde ! – il se trouva dans la même
chambre d'où il était tombé par la fenêtre. Il reconnut
les enfants et les jouets qui étaient sur la table, le charmant château avec la gentille petite danseuse ; elle
150 tenait toujours une jambe en l'air, elle aussi était intrépide. Le soldat de plomb fut tellement touché qu'il
aurait voulu pleurer du plomb, mais cela n'était pas

91

convenable. Il la regarda, elle le regarda aussi, mais ils ne se dirent pas un mot.

Tout à coup un petit garçon le prit, et le jeta au feu sans la moindre raison ; c'était sans doute le sorcier de la tabatière qui en était la cause.

Le soldat de plomb était là debout, éclairé d'une vive lumière, éprouvant une chaleur horrible. Toutes ses couleurs avaient disparu ; personne ne pouvait dire si c'étaient les suites du voyage ou le chagrin. Il regardait toujours la petite demoiselle, et elle aussi le regardait. Il se sentait fondre ; mais, toujours intrépide, il tenait l'arme au bras. Soudain s'ouvrit une porte, le vent enleva la danseuse, et pareille à une sylphide [1], elle vola sur le feu près du soldat, et disparut en flammes. Le soldat de plomb était devenu une petite masse.

Le lendemain, lorsque la servante vint enlever les cendres, elle la trouva qui avait la forme d'un petit cœur de plomb ; tout ce qui était resté de la danseuse, c'était la paillette, que le feu avait rendue toute noire.

---

1. *Sylphide* : déesse de l'air dans les mythologies celte et germanique.

Le Vilain Petit Canard

Que la campagne était belle ! on était au milieu
de l'été ; les blés agitaient des épis d'un jaune magnifique, l'avoine était verte, et dans les prairies le foin
s'élevait en monceaux odorants ; la cigogne se pro-
menait sur ses longues jambes rouges, en bavar-
dant de l'égyptien[1], langue qu'elle avait apprise de
madame sa mère. Autour des champs et des prairies
s'étendaient de grandes forêts coupées de lacs pro-
fonds.

Oui vraiment, la campagne était bien belle. Les
rayons du soleil éclairaient de tout leur éclat un vieux
domaine entouré de larges fossés, et de grandes
feuilles de bardane[2] descendaient du mur jusque dans
l'eau ; elles étaient si hautes que les petits enfants pouvaient se cacher dessous, et qu'au milieu d'elles on
pouvait trouver une solitude aussi sauvage qu'au
centre de la forêt. Dans une de ces retraites une cane
avait établi son nid et couvait ses œufs ; il lui tardait
bien de voir ses petits éclore. Elle ne recevait guère de

---

1. L'égyptien n'est pas une langue ; en Égypte, pays où les
cigognes vont l'hiver, on parle arabe.
2. *Bardane* : voir « La Petite Poucette », note 2, p. 38.

visites ; car les autres aimaient mieux nager dans les 20
fossés que de venir jusque sous les bardanes pour barboter avec elle.

Enfin les œufs commencèrent à crever les uns
après les autres ; on entendait « pi-pip » : c'étaient les
petits canards qui vivaient et tendaient leur cou au- 25
dehors.

« Rap-rap », dirent-ils ensuite en faisant tout le
bruit qu'ils pouvaient.

Ils regardaient de tous côtés sous les feuilles vertes,
et la mère les laissa faire ; car le vert réjouit les yeux. 30

« Que le monde est grand ! dirent les petits nouveau-
nés à l'endroit même où ils se trouvèrent au sortir de
leur œuf.

– Vous croyez donc que le monde finit là ? dit la
mère. Oh ! non, il s'étend bien plus loin, de l'autre 35
côté du jardin, jusque dans le champ du curé ; mais je
n'y suis jamais allée. Êtes-vous tous là ? continua-t-elle
en se levant. Non, le plus gros œuf n'a pas bougé :
Dieu ! que cela dure longtemps ! J'en ai assez. »

Et elle se remit à couver, mais d'un air contrarié. 40

« Eh bien ! comment cela va-t-il ? dit une vieille
cane qui était venue lui rendre visite.

– Il n'y a plus que celui-là que j'ai toutes les peines
du monde à faire crever. Regardez un peu les autres :
ne trouvez-vous pas que ce sont les plus gentils petits 45
canards qu'on ait jamais vus ? ils ressemblent tous
d'une manière étonnante à leur père ; mais le coquin
ne vient pas même me voir.

– Montrez-moi un peu cet œuf qui ne veut pas crever, dit la vieille. Ah ! vous pouvez me croire, c'est un 50
œuf de dinde. Moi aussi, j'ai été trompée une fois
comme vous, et j'ai eu toute la peine possible avec le
petit ; car tous ces êtres-là ont affreusement peur de
l'eau. Je ne pouvais parvenir à l'y faire entrer. J'avais

55 beau le happer [1] et barboter devant lui : rien n'y faisait.
Que je le regarde encore : oui, c'est bien certainement
un œuf de dinde. Laissez-le là, et apprenez plutôt aux
autres enfants à nager.

— Non, puisque j'ai déjà perdu tant de temps, je
60 puis bien rester à couver un jour ou deux de plus,
répondit la cane.

— Comme vous voudrez », répliqua la vieille ; et elle
s'en alla.

Enfin le gros œuf creva. « Pi-pip », fit le petit, et il
65 sortit. Comme il était grand et vilain ! La cane le
regarda et dit : « Quel énorme caneton ! Il ne ressemble à aucun de nous. Serait-ce vraiment un dindon ? ce sera facile à voir : il faut qu'il aille à l'eau,
quand je devrais [2] l'y traîner. »

70 Le lendemain, il faisait un temps magnifique : le
soleil rayonnait sur toutes les vertes bardanes ; la mère
des canards se rendit avec toute sa famille au fossé.
« Platsh ! » et elle sauta dans l'eau. « Rap-rap », dit-elle
ensuite, et chacun des petits plongea l'un après
75 l'autre ; et l'eau se referma sur les têtes. Mais bientôt
ils reparurent et nagèrent avec rapidité. Les jambes
allaient toutes seules, et tous se réjouissaient dans
l'eau, même le vilain grand caneton gris.

« Ce n'est pas un dindon, dit-elle. Comme il se sert
80 habilement de ses jambes, et comme il se tient droit !
C'est mon enfant aussi : il n'est pas si laid, lorsqu'on le
regarde de près. "Rap-rap !" Venez maintenant avec
moi : je vais vous faire faire votre entrée dans le monde
et vous présenter dans la cour des canards. Seulement,
85 ne vous éloignez pas de moi, pour qu'on ne marche
pas sur vous, et prenez bien garde au chat. »

95

---

1. *Happer* : ici, saisir brusquement par le bec.
2. *Quand je devrais* : même si je dois.

Ils entrèrent tous dans la cour des canards.

Quel bruit on y faisait! Deux familles s'y dispu-taient une tête d'anguille, et à la fin ce fut le chat qui l'emporta. 90

«Vous voyez comme les choses se passent dans le monde», dit la cane en aiguisant son bec; car elle aussi aurait bien voulu avoir la tête d'anguille. «Maintenant, remuez les jambes, continua-t-elle; tenez-vous bien ensemble et saluez le vieux canard là- 95 bas. C'est le plus distingué de tous ceux qui se trou-vent ici. Il est de race espagnole, c'est pour cela qu'il est si gros, et remarquez bien ce ruban rouge autour de sa jambe : c'est quelque chose de magnifique, et la plus grande distinction qu'on puisse accorder à un 100 canard. Cela signifie qu'on ne veut pas le perdre, et qu'il doit être remarqué par les animaux comme par les hommes. Allons, tenez-vous bien; non, ne mettez pas les pieds en dedans : un caneton bien élevé écarte les pieds avec soin; regardez comme je les mets en 105 dehors. Inclinez-vous et dites : "Rap."

Ils obéirent, et les autres canards qui les entou-raient les regardaient et disaient tout haut : «Voyez un peu; en voilà encore d'autres, comme si nous n'étions déjà pas assez. Fi, fi donc! Qu'est-ce que ce canet-là? 110 Nous n'en voulons pas.»

Et aussitôt un grand canard vola de son côté, se jeta sur lui et le mordit au cou.

«Laissez-le donc, dit la mère, il ne fait de mal à per-sonne. 115

– D'accord; mais il est si grand et si drôle, dit l'agresseur [1], qu'il a besoin d'être battu.

– Vous avez là de beaux enfants, la mère, dit le vieux canard au ruban rouge. Ils sont tous gentils,

96

---

1. *Agresseur* : celui qui attaque.

120 excepté celui-là, il n'est pas bien venu : je voudrais que
vous puissiez le refaire.

– C'est impossible, dit la mère cane. Il n'est pas
beau, c'est vrai ; mais il a un si bon caractère ! et il nage
dans la perfection ; oui, j'oserais même dire mieux
125 que tous les autres. Je pense qu'il grandira joliment et
qu'avec le temps il se formera. Il est resté trop longtemps dans l'œuf, et c'est pourquoi il n'est pas très
bien fait. »

Tandis qu'elle parlait ainsi, elle le tirait doucement
130 par le cou, et lissait son plumage. « Du reste, c'est un
canard, et la beauté ne lui importe pas tant. Je crois
qu'il deviendra fort et qu'il fera son chemin dans le
monde. Enfin, les autres sont gentils ; maintenant,
mes enfants, faites comme si vous étiez à la maison, et,
135 si vous trouvez une tête d'anguille, apportez-la-moi. »

Et ils firent comme s'ils étaient à la maison.

Mais le pauvre canet qui était sorti du dernier œuf   **97**
fut, pour sa laideur, mordu, poussé et bafoué [1], non
seulement par les canards, mais aussi par les poulets.

140 « Il est trop grand », disaient-ils tous ; et le coq
d'Inde qui était venu au monde avec des éperons [2] et
qui se croyait empereur, se gonfla comme un bâtiment [3] toutes voiles dehors, et marcha droit sur lui en
grande fureur et rouge jusqu'aux yeux. Le pauvre
145 canet ne savait s'il devait s'arrêter ou marcher : il eut
bien du chagrin d'être si laid et d'être bafoué par tous
les canards de la cour.

Voilà ce qui se passa dès le premier jour, et les
choses allèrent toujours de pis en pis. Le pauvre canet
150 fut chassé de partout : ses sœurs même étaient

---

1. *Bafoué* : insulté, renié.
2. *Éperons* : ici, excroissances de chair derrière la patte.
3. *Bâtiment* : voir « La Petite Sirène », note 1, p. 53.

méchantes avec lui et répétaient continuellement :
« Que ce serait bien fait si le chat t'emportait, vilaine
créature ! » Et la mère disait : « Je voudrais que tu
fusses bien loin. » Les canards le mordaient, les poulets le battaient, et la bonne qui donnait à manger aux 155
bêtes le repoussait du pied.

Alors il se sauva, et prit son vol par-dessus la haie.
Les petits oiseaux dans les buissons s'envolèrent de
frayeur. « Et tout cela, parce que je suis vilain », pensa
le caneton. Il ferma les yeux et continua son chemin. 160
Il arriva ainsi au grand marécage qu'habitaient les
canards sauvages. Il s'y coucha pendant la nuit, bien
triste et bien fatigué.

Le lendemain, lorsque les canards sauvages se levè-
rent, ils aperçurent leur nouveau camarade. « Qu'est- 165
ce que c'est que cela ? » dirent-ils ; le canet se tourna
de tous côtés et salua avec toute la grâce possible.

98

« Tu peux te flatter d'être énormément laid !
dirent les canards sauvages ; mais cela nous est égal,
pourvu que tu n'épouses personne de notre famille. » 170

Le malheureux ! est-ce qu'il pensait à se marier, lui
qui ne demandait que la permission de coucher dans
les roseaux et de boire de l'eau du marécage ?

Il passa ainsi deux journées. Alors arrivèrent dans
cet endroit deux jars[1] sauvages. Ils n'avaient pas 175
encore beaucoup vécu ; aussi étaient-ils très insolents.

« Écoute, camarade, dirent ces nouveaux venus ; tu
es si vilain que nous serions contents de t'avoir avec
nous. Veux-tu nous accompagner et devenir un oiseau
de passage ? Ici tout près, dans l'autre marécage, il y a 180
des oies sauvages charmantes, presque toutes demoiselles, et qui savent bien chanter. Qui sait si tu n'y trouverais pas le bonheur, malgré ta laideur affreuse ? »

---

1. *Jars* : mâles de l'oie.

Tout à coup on entendit « pif, paf ! » et les deux jars
185 sauvages tombèrent morts dans les roseaux, et l'eau
devint rouge comme du sang.

« Pif, paf ! » et des troupes d'oies sauvages s'envolèrent des roseaux. Et on entendit encore des coups de
fusil. C'était une grande chasse ; les chasseurs s'étaient
190 couchés tout autour du marais ; quelques-uns s'étaient
même postés sur les branches d'arbres qui s'avan-
çaient au-dessus des joncs[1]. Une vapeur bleue semblable à de petits nuages sortait des arbres sombres et
s'étendait sur l'eau ; puis les chiens arrivèrent au
195 marécage : « platsh, platsh » ; et les joncs et les roseaux
se courbaient de tous côtés. Quelle épouvante pour le
pauvre caneton ! Il plia la tête pour la cacher sous son
aile ; mais en même temps il aperçut devant lui un
grand chien terrible : sa langue pendait hors de sa
200 gueule, et ses yeux farouches étincelaient de cruauté.
Le chien tourna la gueule vers le caneton, lui montra
ses dents pointues et, « platsh, platsh », il alla plus loin
sans le toucher.

99

« Dieu, merci ! soupira le canard ; je suis si vilain
205 que le chien lui-même dédaigne de me mordre ! »

Et il resta ainsi, pendant que le plomb sifflait à travers les joncs et que les coups de fusil se succédaient
sans relâche.

Vers la fin de la journée seulement, le bruit cessa ;
210 mais le pauvre petit n'osa pas encore se lever. Il attendit quelques heures, regarda autour de lui, et se sauva
du marais aussi vite qu'il put. Il passa au-dessus des
champs et des prairies ; une tempête furieuse l'empê-
cha d'avancer.

215 Sur le soir, il arriva à une misérable cabane de paysan, si vieille et si ruinée qu'elle ne savait pas de quel

---

1. *Joncs* : voir « La Petite Sirène », note 2, p. 60.

côté tomber : aussi restait-elle debout. La tempête soufflait si fort autour du caneton qu'il fut obligé de s'arrêter et de s'accrocher à la cabane : tout allait de mal en pis. 220

Alors il remarqua qu'une porte avait quitté ses gonds et lui permettait, par une petite ouverture, de pénétrer dans l'intérieur : c'est ce qu'il fit.

Là demeurait une vieille femme avec son matou et avec sa poule ; et le matou, qu'elle appelait son petit- 225 fils, savait arrondir le dos et ronronner : il savait même lancer des étincelles, pourvu qu'on lui frottât convenablement le dos à rebrousse-poil. La poule avait des jambes fort courtes, ce qui lui avait valu le nom de Courte-Jambe. Elle pondait des œufs excellents, et la 230 bonne femme l'aimait comme une fille.

Le lendemain, on s'aperçut de la présence du caneton étranger. Le matou commença à gronder, et la poule à glousser.

100

« Qu'y a-t-il ? » dit la femme en regardant autour 235 d'elle. Mais, comme elle avait la vue basse, elle crut que c'était une grosse cane qui s'était égarée. « Voilà une bonne prise, dit-elle : j'aurai maintenant des œufs de cane. Pourvu que ce ne soit pas un canard ! Enfin, nous verrons. » 240

Et elle attendit pendant trois semaines ; mais les œufs ne vinrent pas. Dans cette maison, le matou était le maître et la poule la maîtresse ; aussi ils avaient l'habitude de dire : « Nous et le monde » ; car ils croyaient faire à eux seuls la moitié et même la meilleure moitié 245 du monde. Le caneton se permit de penser que l'on pouvait avoir un autre avis ; mais cela fâcha la poule.

« Sais-tu pondre les œufs ? demanda-t-elle.

– Non.

– Eh bien ! alors, tu auras la bonté de te taire. » 250

Et le matou le questionna à son tour : « Sais-tu faire

le gros dos ? sais-tu ronronner et faire jaillir des étincelles ?

– Non.

255 – Alors tu n'as pas le droit d'exprimer une opi-
nion, quand les gens raisonnables causent ensemble. »

Et le caneton se coucha tristement dans un coin ;
mais tout à coup un air vif et la lumière du soleil péné-
trèrent dans la chambre, et cela lui donna une si
260 grande envie de nager dans l'eau qu'il ne put s'empêcher d'en parler à la poule.

« Qu'est-ce donc ? dit-elle. Tu n'as rien à faire, et
voilà qu'il te prend des fantaisies. Ponds des œufs ou
fais ron-ron, et ces caprices te passeront.

265 – C'est pourtant bien joli de nager sur l'eau, dit le
petit canard ; quel bonheur de la sentir se refermer
sur sa tête et de plonger jusqu'au fond !

– Ce doit être un grand plaisir, en effet ! répondit
la poule. Je crois que tu es devenu fou. Demande un   101
270 peu à Minet, qui est l'être le plus raisonnable que je
connaisse, s'il aime à nager ou à plonger dans l'eau.
Demande même à notre vieille maîtresse : personne
dans le monde n'est plus expérimenté ; crois-tu
qu'elle ait envie de nager et de sentir l'eau se refermer
275 sur sa tête ?

– Vous ne me comprenez pas.

– Nous ne te comprenons pas ? mais qui te com-
prendrait donc ? Te croirais-tu plus instruit que Minet
et notre maîtresse ?

280 – Je ne veux pas parler de moi.

– Ne t'en fais pas accroire[1], enfant, mais remercie
plutôt le créateur[2] de tout le bien dont il t'a comblé.
Tu es arrivé dans une chambre bien chaude, tu as

---

1. *Ne t'en fais pas accroire* : ne te figure pas des choses fausses.
2. *Créateur* : ici, Dieu.

trouvé une société dont tu pourrais profiter, et tu te mets à raisonner jusqu'à te rendre insupportable. Ce n'est vraiment pas un plaisir de vivre avec toi. Crois-moi, je te veux du bien : je te dis sans doute des choses désagréables ; mais c'est à cela que l'on reconnaît ses véritables amis. Suis mes conseils, et tâche de pondre des œufs ou de faire ron-ron.

– Je crois qu'il me sera plus avantageux de faire mon tour dans le monde, répondit le canard.

– Comme tu voudras », dit le poulet.

Et le canard s'en alla nager et se plongea dans l'eau ; mais tous les animaux le méprisèrent à cause de sa laideur.

L'automne arriva, les feuilles de la forêt devinrent jaunes et brunes : le vent les saisit et les fit voltiger. En haut dans les airs il faisait bien froid ; des nuages lourds pendaient, chargés de grêle et de neige. Sur la haie le corbeau croassait, tant il était gelé : rien que d'y penser, on grelottait. Le pauvre caneton n'était, en vérité, pas à son aise.

Un soir que le soleil se couchait glorieux, toute une foule de grands oiseaux superbes sortit des buissons ; le canet n'en avait jamais vu de semblables : ils étaient d'une blancheur éblouissante, ils avaient le cou long et souple. C'étaient des cygnes. Le son de leur voix était tout particulier ; ils étendirent leurs longues ailes éclatantes pour aller loin de cette contrée chercher dans les pays chauds des lacs toujours ouverts[1]. Ils montaient si haut, si haut, que le vilain petit canard en était étrangement affecté[2] ; il tourna dans l'eau comme une roue, il dressa le cou et

1. Par opposition à ceux du Danemark et du conte qui, eux, sont «fermés» l'hiver par la glace.
2. *Affecté* : peiné.

315 le tendit en l'air vers les cygnes voyageurs, et poussa un
cri si perçant et si singulier qu'il se fit peur à lui-même.
Il lui était impossible d'oublier ces oiseaux magnifiques et heureux ; aussitôt qu'il cessa de les apercevoir,
il plongea jusqu'au fond, et, lorsqu'il remonta à la sur-
320 face, il était comme hors de lui. Il ne savait comment
s'appelaient ces oiseaux, ni où ils allaient ; mais cependant il les aimait comme il n'avait encore aimé personne. Il n'en était pas jaloux ; car comment aurait-il
pu avoir l'idée de souhaiter pour lui-même une grâce si
325 parfaite ? Il aurait été trop heureux, si les canards
avaient consenti à le supporter, le pauvre être si vilain !

Et l'hiver devint bien froid, bien froid ; le caneton
nageait toujours à la surface de l'eau pour l'empêcher
de se prendre tout à fait ; mais chaque nuit le trou dans
330 lequel il nageait se rétrécissait davantage. Il gelait si fort
qu'on entendait la glace craquer ; le canet était obligé
d'agiter continuellement les jambes pour que le trou ne
se fermât pas autour de lui. Mais enfin il se sentit épuisé
de fatigue ; il ne remuait plus et il fut saisi par la glace.

335 Le lendemain matin, un paysan vint sur le bord et
vit ce qui se passait ; il s'avança, rompit la glace et
emporta le canard chez lui pour le donner à sa
femme. Là il revint à la vie.

Les enfants voulurent jouer avec lui ; mais le cane-
340 ton, persuadé qu'ils allaient lui faire du mal, se jeta de
peur au milieu du pot au lait, si bien que le lait rejaillit
dans la chambre. La femme frappa ses mains l'une
contre l'autre de colère, et lui, tout effrayé, se réfugia
dans la baratte [1] et de là dans la huche à farine [2], puis
345 de là prit son vol au-dehors.

103

---

1. *Baratte* : récipient dans lequel on battait la crème pour faire
le beurre.
2. *La huche à farine* : coffre vertical en bois utilisé pour conser-
ver la farine.

Dieu ! quel spectacle ! la femme criait, courait après lui, et voulait le battre avec les pincettes ; les enfants s'élancèrent sur le tas de fumier pour attraper le caneton. Ils riaient et poussaient des cris : ce fut un grand bonheur pour lui d'avoir trouvé la porte ouverte et de pouvoir ensuite se glisser entre des branches, dans la neige ; il s'y blottit tout épuisé.

Il serait trop triste de raconter toute la misère et toutes les souffrances qu'il eut à supporter pendant cet hiver rigoureux.

Il était couché dans le marécage entre les joncs, lorsqu'un jour le soleil commença à reprendre son éclat et sa chaleur. Les alouettes chantaient. Il faisait un printemps délicieux.

Alors tout à coup le caneton put se confier à ses ailes, qui battaient l'air avec plus de vigueur qu'autrefois, assez fortes pour le transporter au loin. Et bientôt il se trouva dans un grand jardin où les pommiers étaient en pleine floraison, où le sureau[1] répandait son parfum et penchait ses longues branches vertes jusqu'aux fossés. Comme tout était beau dans cet endroit ! Comme tout respirait le printemps !

Et des profondeurs du bois sortirent trois cygnes blancs et magnifiques.

Ils battaient des ailes et nagèrent sur l'eau. Le canet connaissait ces beaux oiseaux : il fut saisi d'une tristesse indicible[2].

« Je veux aller les trouver, ces oiseaux royaux : ils me tueront, pour avoir osé, moi si vilain, m'approcher d'eux ; mais cela m'est égal ; mieux vaut être tué par eux que d'être mordu par les canards, battu par les

---

1. *Sureau* : arbuste dont la fleur odorante donne des grappes de baies noires ou rouges.
2. *Indicible* : inexprimable par des mots, immense.

poules, poussé du pied par la fille de basse-cour, et que de souffrir les misères de l'hiver. »

Il s'élança dans l'eau et nagea à la rencontre des
380 cygnes. Ceux-ci l'aperçurent et se précipitèrent vers lui les plumes soulevées. « Tuez-moi », dit le pauvre animal ; et, penchant la tête vers la surface de l'eau, il attendait la mort.

Mais que vit-il dans l'eau transparente ? Il vit sa
385 propre image au-dessous de lui : ce n'était plus un oiseau mal fait, d'un gris noir, vilain et dégoûtant ; il était lui-même un cygne !

Il n'y a pas de mal à être né dans une basse-cour lorsqu'on sort d'un œuf de cygne.

390 Maintenant il se sentait heureux de toutes ses souf-frances et de tous ses chagrins ; maintenant pour la première fois il goûtait tout son bonheur en voyant la magnificence[1] qui l'entourait, et les grands cygnes nageaient autour de lui et le caressaient de leur bec.

105

395 De petits enfants vinrent au jardin et jetèrent du pain et du grain dans l'eau, et le plus petit d'entre eux s'écria : « En voilà un nouveau ! » et les autres enfants poussèrent des cris de joie : « Oui, oui ! c'est vrai ; il y en a encore un nouveau. » Et ils dansaient sur les
400 bords, puis battaient des mains ; et ils coururent à leur père et à leur mère, et revinrent encore jeter du pain et du gâteau, et ils dirent tous : « Le nouveau est le plus beau ! Qu'il est jeune ! qu'il est superbe ! »

Et les vieux cygnes s'inclinèrent devant lui.

405 Alors il se sentit honteux, et cacha sa tête sous son aile ; il ne savait comment se tenir, car c'était pour lui trop de bonheur. Mais il n'était pas fier. Un bon cœur ne le devient jamais. Il songeait à la manière dont il avait été persécuté et insulté partout, et voilà qu'il les

---

1. *Magnificence* : voir « La Petite Poucette », note 1, p. 40.

entendait tous dire qu'il était le plus beau de tous ces 410
beaux oiseaux! Et le sureau même inclinait ses
branches vers lui, et le soleil répandait une lumière si
chaude et si bienfaisante! Alors ses plumes se gonflè-
rent, son cou élancé se dressa, et il s'écria de tout son
cœur : « Comment aurais-je pu rêver tant de bonheur, 415
pendant que je n'étais qu'un vilain petit canard ? »

La Bergère et le Ramoneur

Avez-vous jamais vu une de ces armoires antiques, toutes noires de vieillesse, à enroulements et à feuillage[1] ? C'était précisément une de ces armoires qui se trouvait dans la chambre : elle venait de la trisaïeule[2],
5 et de haut en bas elle était ornée de roses et de tulipes sculptées. Mais ce qu'il y avait de plus bizarre, c'étaient les enroulements, d'où sortaient de petites têtes de cerf avec leurs grandes cornes. Au milieu de l'armoire on voyait sculpté un homme d'une singulière apparence :
10 il ricanait toujours, car on ne pouvait pas dire qu'il riait. Il avait des jambes de bouc, de petites cornes à la tête et une longue barbe. Les enfants l'appelaient le Grand-général-commandant-en-chef-Jambe-de-Bouc, nom qui peut paraître long et difficile, mais titre dont peu de
15 personnes ont été honorées jusqu'à présent. Enfin, il était là, les yeux toujours fixés sur la console[3] placée

---

1. « À enroulements et à feuillage » désigne les ornements sculptés de l'armoire.
2. *Trisaïeule* : arrière-arrière-grand-mère (formé de « tri », trois, et d'« aïeule » ; troisième génération à partir de la grand-mère).
3. *Console* : meuble formé d'un plateau posé sur des pieds, généralement assez hauts.

sous la grande glace, où se tenait debout une gracieuse petite bergère de porcelaine. Elle portait des souliers dorés, une robe parée d'une rose toute fraîche, un chapeau d'or et une houlette[1] : elle était charmante. Tout à côté d'elle se trouvait un petit ramoneur noir comme du charbon, mais pourtant de porcelaine aussi. Il était aussi gentil, aussi propre que vous et moi ; car il n'était en réalité que le portrait d'un ramoneur. Le fabricant de porcelaine aurait tout aussi bien pu faire de lui un prince ; ce qui lui aurait été vraiment bien égal.

Il tenait gracieusement son échelle sous son bras, et sa figure était rouge et blanche comme celle d'une petite fille ; ce qui ne laissait pas d'être un défaut[2] qu'on aurait dû éviter en y mettant un peu de noir. Il touchait presque la bergère : on les avait placés où ils étaient, et, là où on les avait posés, ils s'étaient fiancés. Aussi l'un convenait très bien à l'autre : c'étaient des jeunes gens faits de la même porcelaine et tous deux également faibles et fragiles.

Non loin d'eux se trouvait une autre figure trois fois plus grande : c'était un vieux Chinois qui savait hocher la tête. Lui aussi était de porcelaine ; il prétendait être le grand-père de la petite bergère, mais il n'avait jamais pu le prouver. Il soutenait qu'il avait tout pouvoir sur elle, et c'est pourquoi il avait répondu par un aimable hochement de tête au Grand-général-commandant-en-chef-Jambe-de-Bouc, qui avait demandé la main de la petite bergère.

—————

1. *Houlette* : bâton haut du berger, souvent décoré de rubans à la tête (l'autre extrémité, telle une petite bêche, permet d'envoyer des mottes de terre ou des cailloux aux moutons qui s'éloignent du troupeau).
2. *Ce qui ne laissait pas d'être un défaut* : ce qui était un défaut.

45 « Quel mari tu auras là ! dit le vieux Chinois, quel mari ! Je crois quasi qu'il est d'acajou [1]. Il fera de toi madame la Grande-générale-commandante-en-chef-Jambe-de-Bouc ; il a toute son armoire remplie d'argenterie, sans compter ce qu'il a caché dans les tiroirs 50 secrets.

– Je n'entrerai jamais dans cette sombre armoire, dit la petite bergère ; j'ai entendu dire qu'il y a dedans onze femmes de porcelaine.

– Eh bien ! tu seras la douzième, dit le Chinois. 55 Cette nuit, dès que la vieille armoire craquera, on fera la noce, aussi vrai que je suis un Chinois. »

Et là-dessus il hocha la tête et s'endormit.

Mais la petite bergère pleurait en regardant son bien-aimé, le ramoneur.

60 « Je t'en prie, dit-elle, aide-moi à m'échapper dans le monde, nous ne pouvons plus rester ici.

– Je veux tout ce que tu veux, dit le petit ramoneur. Sauvons-nous tout de suite ; je pense bien que je saurai te nourrir avec mon état.

65 – Pourvu que nous descendions heureusement de la console, dit-elle. Je ne serai jamais tranquille tant que nous ne serons pas hors d'ici. »

Et il la consola, et il lui montra comment elle devait poser son petit pied sur les rebords sculptés et 70 sur le feuillage doré. Il l'aida aussi avec son échelle, et bientôt ils atteignirent le plancher. Mais, en se retournant vers la vieille armoire, ils virent que tout y était en révolution. Tous les cerfs sculptés allongeaient la tête, dressaient leurs bois et tournaient le cou. Le Grand-75 général-commandant-en-chef-Jambe-de-Bouc fit un saut et cria au vieux Chinois : « Les voilà qui se sauvent ! ils se sauvent ! »

_____

1. *Acajou* : bois de l'arbre du même nom, de couleur rougeâtre.

Alors ils eurent peur et se réfugièrent dans le tiroir du marchepied de la fenêtre[1].

Là se trouvaient trois ou quatre jeux de cartes 80 dépareillés et incomplets, puis un petit théâtre qui avait été construit tant bien que mal. On y jouait précisément une comédie, et toutes les dames, qu'elles appartinssent à la famille des carreaux ou des piques, des cœurs ou des trèfles, étaient assises aux premiers 85 rangs et s'éventaient avec leurs tulipes ; derrière elles se tenaient tous les valets, qui avaient à la fois une tête en l'air et l'autre en bas, comme sur les cartes à jouer. Il s'agissait dans la pièce de deux jeunes gens qui s'aimaient, mais qui ne pouvaient arriver à se marier. La 90 bergère pleura beaucoup, car elle croyait que c'était sa propre histoire.

« Ça me fait trop de mal, dit-elle. Il faut que je quitte le tiroir. »

110   Mais lorsqu'ils mirent de nouveau le pied sur le 95 plancher et qu'ils jetèrent les yeux sur la console, ils aperçurent le vieux Chinois qui s'était réveillé et qui se démenait violemment.

« Voilà le vieux Chinois qui accourt ! s'écria la petite bergère, et elle tomba sur ses genoux de porce- 100 laine, tout à fait désolée.

– J'ai une idée, dit le ramoneur. Nous allons nous cacher au fond de la grande cruche qui est là dans le coin. Nous y coucherons sur des roses et sur des lavandes, et s'il vient, nous lui jetterons de l'eau aux 105 yeux.

– Non, ce serait inutile, lui répondit-elle. Je sais que le vieux Chinois et la Cruche ont été fiancés, et il reste toujours un fond d'amitié après de pareilles rela-

---

1. En Allemagne, on accède souvent à la fenêtre par une marche en bois dans laquelle est pratiqué un tiroir.

110 tions, même longtemps après. Non, il ne nous reste pas d'autre ressource que de nous échapper dans le monde.

– Et en as-tu réellement le courage ? dit le ramoneur. As-tu songé comme le monde est grand, et que
115 nous ne pourrons plus jamais revenir ici ?

– J'ai pensé à tout », répliqua-t-elle.

Et le ramoneur la regarda fixement, et dit ensuite : « Le meilleur chemin pour moi est par la cheminée. As-tu réellement le courage de te glisser avec moi dans
120 le poêle et de grimper le long des tuyaux ? C'est par là seulement que nous arriverons dans la cheminée, et là je saurai bien me retourner. Il faudra monter aussi haut que possible, et tout à fait au haut nous parviendrons à un trou par lequel nous entrerons dans le
125 monde. »

Il la conduisit à la porte du poêle : « Dieu ! qu'il y fait noir ! » s'écria-t-elle.

Cependant elle l'y suivit, et de là dans les tuyaux, où il faisait une nuit noire comme la suie.

130 « Nous voilà maintenant dans la cheminée, dit-il. Regarde, regarde là-haut la magnifique étoile qui brille. »

Il y avait en effet au ciel une étoile qui semblait par son éclat leur montrer le chemin : ils grimpaient, ils
135 grimpaient toujours. C'était une route affreuse, si haute, si haute ! mais il la soulevait, il la soutenait, et lui montrait les meilleurs endroits où mettre ses petits pieds de porcelaine.

Ils arrivèrent ainsi jusqu'au rebord de la cheminée
140 où ils s'assirent pour se reposer, tant ils étaient fatigués : et ils avaient bien de quoi l'être !

Le ciel avec toutes ses étoiles s'étendait au-dessus d'eux, et les toits de la ville s'inclinaient bien au-dessous. Ils promenèrent leur regard très loin tout

autour d'eux, bien loin dans le monde. La petite ber- 145
gère ne se l'était jamais figuré si vaste : elle appuyait sa
petite tête sur le ramoneur et pleurait si fort que ses
larmes tachèrent sa ceinture.

« C'est trop, dit-elle ; c'est plus que je n'en puis supporter. Le monde est trop immense : oh ! que ne suis- 150
je encore sur la console près de la glace ! Je ne serai
pas heureuse avant d'y être retournée. Je t'ai suivi
dans le monde ; maintenant ramène-moi là-bas, si tu
m'aimes véritablement. »

Et le ramoneur lui parla raison ; il lui rappela le 155
vieux Chinois, et le Grand-général-commandant-en-
chef-Jambe-de-Bouc. Mais elle sanglotait si fort, et elle
embrassa si bien son petit ramoneur, qu'il ne put faire
autrement que de lui céder, quoique ce fût insensé.

Ils se mirent à descendre avec beaucoup de peine 160
par la cheminée, se glissèrent dans les tuyaux, et arrivèrent au poêle. Ce n'était pas, certes, un voyage
d'agrément, et ils s'arrêtèrent à la porte du poêle
sombre pour écouter et apprendre ce qui se passait
dans la chambre. 165

Tout y était bien tranquille : ils mirent la tête
dehors pour voir. Hélas ! le vieux Chinois gisait au
milieu du plancher. Il était tombé en bas de la console
en voulant les poursuivre, et il s'était brisé en trois
morceaux. Tout le dos s'était détaché du reste du 170
corps, et la tête avait roulé dans un coin. Le Grand-
général-commandant-en-chef-Jambe-de-Bouc conser-
vait toujours la même position et réfléchissait.

« C'est terrible, dit la petite bergère, le vieux
grand-père s'est brisé, et c'est nous qui en sommes la 175
cause ! Oh ! je ne survivrai jamais à ce malheur ! »

Et elle tordait ses petites mains.

« On pourra encore le recoller, dit le ramoneur ;
oui, on pourra le recoller. Allons, ne te désole pas ; si

180 on lui recolle le dos et qu'on lui mette une bonne
attache à la nuque, il deviendra aussi solide que s'il
était tout neuf, et pourra encore nous dire une foule
de choses désagréables.

– Tu crois ? » dit-elle.

185 Et ils remontèrent sur la console où ils avaient été
placés de tout temps.

« Voilà où nous en sommes arrivés, dit le ramoneur ; nous aurions pu nous épargner toute cette
peine.

190 – Oh ! si seulement notre vieux grand-père était
recollé ! dit la bergère. Est-ce que ça coûte bien
cher ? »

Et le grand-père fut recollé. On lui mit aussi une
bonne attache dans le cou, et il devint comme neuf.
195 Seulement il ne pouvait plus hocher la tête.

« Vous faites bien le fier, depuis que vous avez été
cassé, lui dit le Grand-général-commandant-en-chef-
Jambe-de-Bouc. Il me semble que vous n'avez aucune
raison de vous tenir si roide [1] ; enfin, voulez-vous me
200 donner la main, oui ou non ? »

Le ramoneur et la petite bergère jetèrent sur le
vieux Chinois un regard attendrissant : ils redoutaient
qu'il ne se mît à hocher la tête ; mais il ne le pouvait
pas, et il aurait eu honte de raconter qu'il avait une
205 attache dans le cou.

Grâce à cette infirmité, les deux jeunes gens de
porcelaine restèrent ensemble ; ils bénirent l'attache
du grand-père, et ils s'aimèrent jusqu'au jour fatal où
ils furent eux-mêmes brisés.

---

1. *Roide* : voir « L'Intrépide Soldat de plomb », note 4, p. 90.

Les Amours d'un faux col

Il y avait une fois un élégant cavalier, dont tout le mobilier se composait d'un tire-botte[1] et d'une brosse à cheveux. – Mais il avait le plus beau faux col[2] qu'on eût jamais vu.

Ce faux col était parvenu à l'âge où l'on peut raisonnablement penser au mariage ; et un jour, par hasard, il se trouva dans le cuvier à lessive[3] en compagnie d'une jarretière[4].

« Mille boutons ! s'écria-t-il, jamais je n'ai rien vu d'aussi fin et d'aussi gracieux. Oserai-je, mademoiselle, vous demander votre nom ?

– Que vous importe, répondit la jarretière.

– Je serais bien heureux de savoir où vous demeurez. »

Mais la jarretière, fort réservée de sa nature, ne

114

_____

1. *Tire-botte* : instrument qui facilite l'introduction du pied dans la botte.
2. *Faux col* : col qui n'est pas cousu à la chemise et que l'on peut détacher et remettre à volonté.
3. *Cuvier à lessive* : grande bassine servant à la lessive.
4. *Jarretière* : lanière qui servait autrefois à retenir le bas des hommes ou des femmes.

jugea pas à propos de répondre à une question si indiscrète.

«Vous êtes, je suppose, une espèce de ceinture? continua sans se déconcerter le faux col, et je ne
20 crains pas d'affirmer que les qualités les plus utiles sont jointes en vous aux grâces les plus séduisantes.

– Je vous prie, monsieur, de ne plus me parler, je ne pense pas vous en avoir donné le prétexte en aucune façon.

25 – Ah! mademoiselle, avec une aussi jolie personne que vous, les prétextes ne manquent jamais. On n'a pas besoin de se battre les flancs[1] : on est tout de suite inspiré, entraîné.

– Veuillez vous éloigner, monsieur, je vous prie, et
30 cesser vos importunités[2].

– Mademoiselle, je suis un gentleman[3], dit fièrement le faux col ; je possède un tire-botte et une brosse à cheveux. »

115

Il mentait impudemment[4] : car c'était à son maître
35 que ces objets appartenaient ; mais il savait qu'il est toujours bon de se vanter.

«Encore une fois, éloignez-vous, répéta la jarretière, je ne suis pas habituée à de pareilles manières.

– Eh bien! vous n'êtes qu'une prude[5]! » lui dit le
40 faux col qui voulut avoir le dernier mot.

Bientôt après on les tira l'un et l'autre de la lessive, puis ils furent empesés[6], étalés au soleil pour sécher, et enfin placés sur la planche de la repasseuse.

---

1. *Se battre les flancs* : se donner du mal inutilement.
2. *Importunités* : comportements ou paroles indésirables, déplacés.
3. *Gentleman* : en anglais, gentilhomme.
4. *Impudemment* : sans aucune pudeur, effrontément.
5. *Prude* : qui montre une réserve et une pudeur excessives.
6. *Empesés* : apprêtés avec un empois, liquide épais qui, au contact du fer, donne une certaine raideur au linge.

La patine à repasser[1] arriva.

« Madame, lui dit le faux col, vous m'avez positive- 45
ment ranimé : je sens en moi une chaleur extraordinaire, toutes mes rides ont disparu. Daignez, de grâce,
en m'acceptant pour époux, me permettre de vous
consacrer cette nouvelle jeunesse que je vous dois.

– Imbécile ! » dit la machine en passant sur le faux 50
col, avec la majestueuse impétuosité[2] d'une locomo-
tive qui entraîne des wagons sur le chemin de fer.

Le faux col était un peu effrangé sur ses bords, une
paire de ciseaux se présenta pour l'émonder[3].

« Oh ! lui dit le faux col, vous devez être une pre- 55
mière danseuse ; quelle merveilleuse agilité vous avez
dans les jambes ! Jamais je n'ai rien vu de plus charmant ; aucun homme ne saurait faire ce que vous
faites.

– Bien certainement, répondit la paire de ciseaux 60
en continuant son opération.

– Vous mériteriez d'être comtesse ; tout ce que je
possède, je vous l'offre en vrai gentleman (c'est-à-dire
moi, mon tire-botte et ma brosse à cheveux).

– Quelle insolence ! s'écria la paire de ciseaux ; 65
quelle fatuité[4] ! »

Et elle fit une entaille si profonde au faux col,
qu'elle le mit hors de service.

« Il faut maintenant, pensa-t-il, que je m'adresse à
la brosse à cheveux. »   70

« Vous avez, mademoiselle, la plus magnifique chevelure ; ne pensez-vous pas qu'il serait à propos de
vous marier ?

116

---

1. *Patine à repasser* : fer à repasser (le mot en danois est féminin).
2. *Impétuosité* : ardeur, élan.
3. *Émonder* : ici, couper les fils qui dépassent.
4. *Fatuité* : vanité, prétention.

– Je suis fiancée au tire-botte, répondit-elle.

75 – Fiancée ! » s'écria le faux col. – Il regarda autour de lui, et ne voyant plus d'autre objet à qui adresser ses hommages, il prit, dès ce moment, le mariage en haine.

Quelque temps après, il fut mis dans le sac d'un chiffonnier[1], et porté chez le fabricant de papier. Là,
80 se trouvait une grande réunion de chiffons, les fins d'un côté, et les plus communs de l'autre. Tous ils avaient beaucoup à raconter, mais le faux col plus que pas un. Il n'y avait pas de plus grand fanfaron[2].

« C'est effrayant combien j'ai eu d'aventures,
85 disait-il, et surtout d'aventures d'amour ! mais aussi j'étais un gentleman des mieux posés ; j'avais même un tire-botte et une brosse dont je ne me servais guère. Je n'oublierai jamais ma première passion : c'était une petite ceinture bien gentille et gracieuse au possible ;
90 quand je la quittai, elle eut tant de chagrin qu'elle alla se jeter dans un baquet plein d'eau. Je connus ensuite une certaine veuve qui était littéralement tout en feu pour moi ; mais je lui trouvais le teint par trop animé, et je la laissai se désespérer si bien qu'elle en devint
95 noire comme du charbon. Une première danseuse[3], véritable démon pour le caractère emporté, me fit une blessure terrible, parce que je me refusais à l'épouser ; enfin, ma brosse à cheveux s'éprit de moi si éperdument qu'elle en perdit tous ses crins. Oui, j'ai beau-
100 coup vécu ; mais ce que je regrette surtout, c'est la jarretière… je veux dire la ceinture qui se noya dans le baquet. Hélas ! il n'est que trop vrai, j'ai bien des

117

------

1. *Chiffonnier* : celui qui collectait autrefois les vieux chiffons pour les vendre.
2. *Fanfaron* : vantard.
3. *Première danseuse* : danseuse qui vient après la danseuse étoile dans la hiérarchie du corps de ballet.

crimes sur la conscience ; il est temps que je me purifie en passant à l'état de papier blanc. »

Et le faux col fut, ainsi que les autres chiffons, [105] transformé en papier. Mais la feuille provenant de lui n'est pas restée blanche : c'est précisément celle sur laquelle a été d'abord retracée sa propre histoire.

Tous ceux qui, comme lui, ont accoutumé de se glorifier de choses qui sont tout le contraire de la [110] vérité, ne sont pas de même jetés au sac du chiffonnier, changés en papier et obligés, sous cette forme, de faire l'aveu public et détaillé de leurs hâbleries[1]. Mais qu'ils ne se prévalent[2] pas trop de cet avantage ; car, au moment même où ils se vantent, chacun lit sur leur [115] visage, dans leur air et dans leurs yeux, aussi bien que si c'était écrit : « Il n'y a pas un mot de vrai dans ce que je vous dis. Au lieu de grand vainqueur que je prétends être, ne voyez en moi qu'un chétif[3] faux col dont un peu d'empois[4] et de bavardage composent [120] tout le mérite. »

118

---

1. *Hâbleries* : vantardises.
2. *Qu'ils ne se prévalent* : qu'ils ne se vantent.
3. *Chétif* : petit et malingre.
4. *Empois* : voir note 6, p. 115.

Dossier

À vos mémoires

Votre souvenir du texte devrait vous aider à répondre à ces questions de bon sens – attention, réfléchissez bien : plusieurs réponses sont parfois possibles puisque dans les contes comme dans la vie les choses ne sont pas toujours si simples…

« La Petite Fille et les allumettes »

Quel est le plus grand bonheur de la fillette ?

A   D'avoir chaud.
B   De pouvoir rêver.
C   De mourir en pensant à sa grand-mère.

« La Princesse sur un pois »

La princesse est :

A   Véritable.
B   Délicate.
C   Ridicule.

« La Petite Poucette »

Quelle est la plus grande chance de la fillette ?

A   La rencontre avec la souris.
B   La rencontre avec l'hirondelle.
C   La rencontre avec le génie de la fleur.

« La Petite Sirène »

Pourquoi le prince croit-il que sa fiancée l'a sauvé ?

A   Elle ressemble à la petite sirène.
B   Elle était là par hasard à son réveil.
C   Elle ne fait rien pour le détromper.

« Les Habits neufs de l'empereur »

De quoi ont peur les courtisans qui ne disent pas la vérité ?

A   D'être renvoyés.
B   De contrarier les tisserands.
C   De passer pour des imbéciles.

« L'Intrépide Soldat de plomb »

Quel détail rapproche le soldat de la danseuse ?

A   Ils sont faits de la même matière.
B   Ils ont la même posture.
C   Ils ont le même âge.

« Le Vilain Petit Canard »

La poule et le chat ont en commun d'être :

A   Bêtes.
B   Vaniteux.
C   Égoïstes.

« La Bergère et le Ramoneur »

Quel est le sort final des amoureux ?

A   Ils se marient.
B   Ils se séparent.
C   Ils se brisent.

« Les Amours d'un faux col »

Qu'arrive-t-il au faux col après avoir été repoussé par la brosse ?

A   Il est désespéré.
B   Il prend le mariage en haine.
C   Tout lui devient indifférent.

Les clés du conte

Le héros, un être à part

1. La petite sirène est une enfant « bizarre, silencieuse et réfléchie ». Relevez deux éléments qui la distinguent de ses sœurs.
c'est la plus . . . .
à son retour de la surface de la mer, elle . . . .

2. Dans « L'Intrépide Soldat de plomb », seul un des vingt-cinq soldats rangés dans la boîte retient l'attention d'Andersen. À votre avis, en quoi intéresse-t-il précisément l'auteur ?

3. Pourquoi le petit canard est-il aussi appelé « vilain » ?
Donnez deux raisons.

4. Quel détail distingue la bergère et le ramoneur des autres objets de la pièce ?

5. Entourez le qualificatif qui correspond le mieux au héros dans les contes d'Andersen. Il est :
le plus fort ; différent des autres ; le plus sympathique ; le plus vieux ; le plus beau.

Bons ou méchants ?

Dans des contes bien connus, les rôles des personnages sont parfaitement définis : les « méchants » s'opposent aux « gentils », parmi lesquels se trouve le héros. Ainsi, dans « Blanche-Neige », le conte des frères Grimm, les nains (y compris Grincheux) viennent en aide à Blanche-Neige menacée par son horrible belle-mère. Chez Andersen, ce n'est pas si simple… Les « gentils » comme les « méchants » peuvent à la fois aider et contrarier le héros. Par ailleurs, d'un mal sort parfois un bien, ou l'inverse, et les actions n'ont pas toujours les résultats escomptés. Vous le remarquerez en complétant les tableaux suivants :

Ils aident le héros

Conte	Qui aide le héros ?	Comment ?	Conséquence pour le héros
« La Petite Sirène »	La sorcière		
	Les sœurs		
« La Petite Poucette »	La souris		
	L'hirondelle		

Ils le contrarient

Conte	Qui contrarie le héros ?	Comment ?	Conséquence pour le héros
« La Petite Sirène »	La sorcière		
	Les sœurs		
« La Petite Poucette »	La souris		
« L'Intrépide Soldat de plomb »	Le poisson		
« Le Vilain Petit Canard »	Tous		

Malheur, bonheur

1. Certains malheurs conduisent les héros au bonheur; les épreuves apparaissent alors comme une étape nécessaire dans l'accession à un sort meilleur. Complétez le tableau suivant :

Conte	Épisode malheureux	Suite heureuse
« La Petite Fille et les allumettes »	La petite fille meurt de froid.	
« La Princesse sur un pois »	La princesse a la peau meurtrie.	
« La Petite Sirène »	La petite sirène n'épouse pas le prince et meurt.	
« L'Intrépide Soldat de plomb »	Le soldat est jeté dans le feu.	
« Les Amours d'un faux col »	Le faux col est réduit à l'état de papier.	

Que déduisez-vous de l'expérience de la petite fille aux allumettes et de celle de la petite sirène ? La mort apparaît-elle comme une fin en soi ?

2. Imaginez que les épisodes malheureux n'aient pas lieu et trouvez une fin différente pour chacun des contes du tableau :
- La petite fille ne meurt pas de froid et doit rentrer chez elle...
- La princesse dort très bien sur son petit pois. Au matin...
- Le prince n'épouse pas la princesse. Que devient la petite sirène ?
- Le soldat est jeté à la poubelle ou oublié dans un tiroir...
- Le faux col continue à s'épuiser en mensonges...
  Et si le faux col n'était pas transformé en papier, quelle serait la conséquence pour l'auteur (et pour son lecteur) ?

Les voyages chamboulent tout

Dans les contes que vous avez lus, le personnage principal entreprend souvent, bon gré ou mal gré, un voyage – c'est le cas dans « La Petite Poucette », « La Petite Sirène », « L'Intrépide Soldat de plomb », « Le Vilain Petit Canard » et « La Bergère et le Ramoneur ». Les voyages se révèlent généralement déterminants pour le héros, par les rencontres qu'ils occasionnent et par les transformations qu'ils opèrent : peu à peu, ils le guident vers son sort final.

1. Pour les cinq contes mentionnés ci-dessus, indiquez l'état initial du (ou des) héros et les voyages successifs qu'il(s) réalise(nt) – en précisant, lorsque c'est possible, les rencontres ou les changements que ces déplacements provoquent. Puis indiquez la transformation finale du (ou des) héros.

	Poucette	La petite sirène	Le soldat de plomb	Le vilain petit canard	La bergère et le ramoneur
État initial					
Premier voyage					
Deuxième voyage					
Troisième voyage, *etc.* *jusqu'à…*					
… la transformation finale					

2. Quel est le seul conte dans lequel les personnages ne se transforment pas ? Qu'en déduisez-vous sur le rôle du voyage dans le conte ?

Histoire d'eau

Le monde sous-marin

1. La vie est normale au pays de la petite sirène ; mais, de même que les personnes qui y vivent ont un corps terminé par une queue de poisson, les éléments de notre univers terrestre sont tous adaptés au monde marin. Retrouvez-les dans la description du château du roi.

A   De quoi sont faits les murs du château ?
B   Et les fenêtres ?
C   Relevez ce qui tient lieu de lampes, d'hirondelles et de jouets d'enfants.
D   À quoi ressemblent les fleurs ?
E   À quoi reconnaît-on le « rang » des nobles ?

2. La sorcière de la mer possède une demeure monstrueuse – comme généralement dans les contes – mais, elle aussi, est « marine ». À quoi ressemble l'antre de la sorcière ?
A   De quoi les murs sont-ils faits ?
B   Retrouvez les indications données sur la végétation :
    – comment sont les arbres ?
    – leurs branches ?
    – les fleurs ?
C   Que sont les « petits poulets » de la sorcière ?

À vos plumes…

Imaginez et décrivez deux demeures également opposées – le château d'un roi et l'antre d'un sorcier – dans un autre monde que le monde sous-marin : au pays des airs, de la nourriture, de la musique, des fleurs…

125

De l'imagination au mensonge

Mensonges effrontés ou grand talent d'imagination ?
Confrontez la réalité à ce qu'elle devient dans les dires du vaniteux faux col lors de la réunion de chiffons :

La réalité…	… et ce qu'elle devient dans la description du faux col
A Une jarretière	
B Un fer à repasser	
C Une paire de ciseaux	
D Une simple brosse	
E La jarretière est mise à laver	
F Le fer repasse le faux col	
G Les ciseaux émondent le faux col et le coupent	

Du sens propre au sens figuré

1. Comment s'appelle la figure de style qui modifie le sens propre d'un mot et qui est employée par exemple dans l'expression « une déclaration d'amour brûlante » ?

2. Dans quel sens utilise-t-on les adjectifs ci-dessous (sens propre ou sens figuré) ? Donnez des synonymes pour chacun

- une *brillante* éducation : . . . .
- une lumière *brillante* : . . . .
- une voix *blanche* : . . . .
- une robe *blanche* : . . . .
- un temps *froid* : . . . .
- un accueil *froid* : . . . .
- un vin *sec* : . . . .
- un ton *sec* : . . . .
- être *vert* de peur : . . . .
- du bois *vert* : . . . .
- un tissu *propre* : . . . .
- le sens *propre* : . . . .

À chacun son langage

Quel bruit, dans la basse-cour du « Vilain Petit Canard » ! Le chat, voleur d'anguilles, miaule, cela vous le saviez. Mais saurez vous reconnaître le cri produit par les animaux de la liste ci dessous ? Reliez chaque verbe au(x) sujet(s) qui lui convien(nen)t

1	La souris	A Chicote
2	Le canard	B Glousse
3	La poule	C Bêle
4	La dinde	D Coasse
5	L'oie	E Brame
6	Le cygne	F Caquette
7	Le bélier	G Gazouille
8	La chèvre	H Trompette
9	Le mouton	I Béguète
10	Le cerf	J Glougloute
11	L'hirondelle	K Cacarde
12	Le crapaud	L Blatère

Et la cigogne ? Elle ne « parle » pas égyptien, contrairement ce que prétend Andersen. Elle : craquette ; claquette ; cla pote ; caquette [entourez le(s) mot(s) juste(s)].

Onomatopées

Puisque nous sommes dans les bruits, indiquons qu'Andersen en a retranscrit un certain nombre dans ses textes, tels qu'il devait les reproduire à l'oral, en racontant ses histoires. Ce sont des onomatopées (mots formés directement sur un son produit par un être ou une chose). Nous en avons relevé huit. À vous d'indiquer dans la grille l'objet, l'élément ou l'animal qui en est à l'origine.

1. Coac coac brekke-ke-kex ; 2 Rap ; 3 Crac ; 4 Pi-pip ;
5 Quivit ; 6 Platsh-platsh ; 7 Pif-paf ; 8 Ritch.

Vous souvenez-vous du nom du poète grec qui a « inventé » le cri « coac coac brekke-ke-kex » ?

Repérez l'intrus

Comme chez les canards, le langage a ses familles de mots qui excluent l'étranger... Dans chacun de ces groupes de mots un intrus s'est glissé, débusquez-le et rayez-le (les mots issus des contes figurent en italique) :

sirène ; sereine ; soir
pois ; poids ; peser
pavillon ; *papillon* ; pavot
poisson ; piscine ; poison
pelisse ; pelage ; pèlerin
filon ; *filou* ; félon

– porcelet ; *porcelaine* ; portion
– *intrépide* ; trépied ; *trembler*
– chandail ; candélabre ; *chandelle*

Le mot juste

Attribuez à chaque personnage de conte le mot qui résume
l'essentiel de son histoire (aidez-vous d'un dictionnaire pour
ceux que vous ne connaissez pas) :

1 La petite fille aux allumettes   A Imposture
2 La princesse sur un pois   B Persécution
3 Poucette   C Passion
4 La petite sirène   D Abandon
5 L'empereur   E Pusillanimité
6 Le soldat de plomb   F Sophistication
7 Le vilain petit canard   G Hâblerie
8 La bergère   H Intrépidité
9 Le faux col   I Fragilité

Cherchez la morale

Voici un certain nombre de maximes, proverbes ou sentences
Ils conviennent tous à l'un des récits que vous avez lus, parfois
même à plusieurs. À vous de retrouver le ou les contes aux
quels ils peuvent s'appliquer :

– « Amour, amour, quand tu nous tiens… » (La Fontaine)
– « Il ne faut pas se fier aux apparences. »
– « Trompeurs, c'est pour vous que j'écris : attendez-vou
à la pareille » (La Fontaine).
– « Les délicats sont malheureux : rien ne saurait les satis
faire » (La Fontaine).
– « Tout flatteur vit aux dépens de celui qui l'écoute
(La Fontaine).
– « Qui se ressemble s'assemble. »
– « Il faut souffrir pour être belle (ou beau). »
– « Ce qui plaît au crapaud, c'est sa crapaude » (Voltaire)
– « Heureux ceux qui pleurent maintenant, car au ciel i
riront » (évangile selon saint Luc, sermon dit de
« Béatitudes »).

GF Flammarion

02/08/96768-VIII-2002 – Impr. MAURY Eurolivres, 45300 Manchecourt.
N° d'édition FG217101. – Septembre 2002. – Printed in France.